「俺が、必要だと言ってやる」

恭しささえ感じさせる仕草で指先に唇が落とされる。

LiLiK Label

弁護士は不埒に甘く

杉原那魅

大誠社リリ文庫

本作品はフィクションです。
実在の人物・団体・事件などには一切関係ありません。

Contents

イラスト／汞りょう

ふわりと漂ってきた煙草の香りが、何故かひどく懐かしい気がした。

櫻井朋《さくらいとも》が面接のために木佐《きさ》法律事務所を訪れたのは、満開の桜がその役目を終え、地面を薄紅色に染め上げ始めた頃だった。

個室となっている執務室に通され、勧められるまま入口近くに置かれた応接用のソファに腰を下ろす。座り心地の好い絶妙なスプリングと、本革の柔らかい手触りに、緊張した身体から僅《わず》かに強張りがとけた。

軽く俯《うつむ》けば、癖のない髪が顔の動きに合わせてさらりと落ちてくる。眼鏡越しに視界に入る前髪に、ほっと息をつく。こうして目元を覆うため、少しだけ長めに切っているのだ。

地味。それが、概《おおむ》ね朋に対する評価だった。

ぎりぎり百七十センチの身長と、華奢な体躯。それに加え、母親譲りの目鼻立ちのすっきりとした中性的な容貌。少しだけ大きめの瞳や整った顔立ちも、よく見れば人目をひくものではある。だがそれらは全て、前髪と眼鏡に隠され埋没してしまっていた。

そっと視線だけを動かし、室内の様子を窺《うかが》う。落ち着いたブラウンで統一された内装は、シンプルながらも洒落《しゃれ》た印象だった。弁護士、という肩書きが持つ堅苦しさのようなものがあまり感じられない。

モデルルームのような、と言えばいいのか。正面に見える、窓を背に置かれた机一つとっても、デザイン性と機能性を併《あわ》せ持った流行《はや》りのインテリア雑誌から抜け出したようなものが置かれている。かろうじて仕事場らしい空気を残しているのは、机の上に広げられた書類や本。そして、横側の壁一面に備え付けられた大きな書棚と、そこに並べられた六法全書やファイル類だけだった。

弁護士事務所らしくない。そう思うのは、朋が唯一知っている同業の事務所とあまりに雰囲気が違うせいだろう。

「櫻井朋君だね。改めて、所長の木佐《きさ》です。伊勢《いせ》先生から話は聞いてるよ。明日から早速来て貰えるかな」

正面のソファに座った男……木佐真咲《まさき》が、手渡した履歴書にちらりと視線を落としそう告げる。内容を読む素振りもなく、唐突に勤務日の確認から始まった話に幾分面食らいながらも、朋は慌ててはいと頷《うなず》いた。

そんな朋の様子に、木佐の切れ長の瞳がふと和《やわ》らぐ。長身ながらほっそりとした体躯に、一分の隙もなくダークブラウンのスーツを着こなした姿は、まさにエリート弁護士といった風情だ。表情によっては怜悧《れいり》な印象を強めてしまうだろう整った顔立ちも、常に浮かべた穏やかな微笑によって安心感を与えるものになっている。

面接だと聞いていたのだが、知人の弁護士を通しての紹介だからか、どうやら雇用は決定事項だったらしい。面接用にと予測しておいた質問の数々は、至極《しごく》あっさり飛ばされた。

たった今木佐が告げた伊勢という名は、朋にここでの仕事を紹介した人物のものである。学生時代からずっとアルバイトをしていた法律事務所の弁護士で、恩人でもある人だ。

この春専門学校を卒業した朋は、本来なら伊勢の事務所で正式に社員として働くことになっていた。だが先日になって突如、しばらくの間知り合いの法律事務所で契約社員として働いて貰えないだろうかと頼まれたのだ。

(伊勢先生の顔を潰さないようにしないと)

あちらへの信頼で決められたのなら、尚更下手な仕事は出来ない。そう思いながら、朋は改めて気を引き締めた。

「契約書なんかは、後で書いて貰うからよろしくね。櫻井君には、産休で休みに入った人の代わりに、成瀬《なるせ》っていう奴の下について貰うことになるから」

「はい」

「うちの弁護士は、僕と成瀬の二人だけ……って。あいつ、顔出せって言っておいたのに」

仕方ないなと溜息をついた木佐が、ちょっと待っててと腰を上げる。と同時に、横合いにあった入口の扉が無造作に開かれる音が響いた。

「ああ、来たね。成瀬、遅いよ」

木佐が再び腰を下ろしながら、扉の方へ向かってそう告げる。どうやら、目的の人物がやって来たらしい。

（……――？）

そちらを向こうとした朋は、だがそのままの格好でぴたりと動きを止めた。風の流れる気配とともに、ふわりと鼻先を掠めた何かの香り。苦みのあるそれは一種独特で、煙草の匂いだとすぐに思い至る。けれど同時に、あれ、と首を傾けた。

どうしてだろう。そう思うのは、その匂いを何故か懐かしいと感じたからだ。

「うるせえ、電話かかってたんだよ」

低く返された声にふと我に返り、正面を横切っていった人影を視線で追う。そして、思わず浮かべそうになってしまった訝《いぶか》しげな表情を、慌てて消した。

木佐の背後――朋の正面にある机に、腰を預けるようにして立つ男。煙草を咥《くわ》え、やる気のなさそうな雰囲気を醸《かも》し出しているその姿は、ある意味朋の想像を超えていた。

かろうじてシャツにネクタイ、スラックスという格好ではある。だが、シャツのボタンは上から数個が外れて開き、ネクタイは緩められてひっかけているといった程度。スラックスには皺《しわ》が寄り、履いているものに至っては、革靴ですらなく黒のスリッパという有様。

ぼさぼさの髪はお世辞にも整えられているとは言い難《がた》く、無精髭まで生えている。ようするに一言で言ってしまえば――だらしがない。

今まで見てきた、それこそ目の前の木佐を含め、弁護士を生業としている人物達とは明らかにかけ離れた様相に、驚きを通り越して疑問すら浮かんでくる。

(弁護士……)

本当に？　と、そんな失礼な問いが思わず零《こぼ》れてしまいそうになり、かろうじて口を噤《つぐ》む。

一拍おいてどうにか気持ちを立て直すと、成瀬の方へ顔を向けた。

「櫻井です。よろしくお願いします」

「ああ」

視線を俯け丁寧に頭を下げた朋に、成瀬は目を眇《すが》め煙草を咥えたまま頷く。

「成瀬。禁煙」

微笑んだままの木佐が成瀬に向かって声を投げ、続けて朋に「ね？」と意味不明な同意を求めてくる。ね、と言われても。反応に困り曖昧《あいまい》に苦笑すれば、木佐の言葉に小さく舌を打った成瀬が、胸ポケットから携帯灰皿を取り出し煙草を押し込んだ。

その様子を視界の端で見ていれば、木佐がさて、と話を続けた。

「仕事内容は、伊勢先生のところでやってたこととさほど変わらないと思うけど、書類の清書とか電話応対とか接客とか、まあ雑用全般かな。あと、これは期間限定だけど。今、子供を一人預かっててね。昼間事務所に連れてきてるから、その子の面倒も頼みたいんだ」

「子供、ですか？」

予想外の言葉に、一瞬返答に詰まる。

「そう。僕と成瀬で預かってるんだけど、どっちも独り身だから昼間一人にしておくわけにもいかないし。大人しい子だから、そう手はかからないと思うよ」

「はあ」

そこは安心して、と言わんばかりの木佐の様子に、だが何と返していいか判らずつい生返事をしてしまう。

(手がかかる、かからない以前に……)

そもそも、子供の相手などしたことがないのだ。面倒を見るといっても、一体何をすればいいのか。と、困惑が表に出ていたのか、木佐がたいしたことじゃないよと笑った。

「面倒っていっても、せいぜい危険がないか気をつけておいてくれればいい程度だし」

「あ、はい」

それくらいならば大丈夫だろう。ほっと胸を撫《な》で下ろし、判りましたと頷いた。

出来ないと言えば、折角《せっかく》決まりかけている話が白紙に戻るかもしれない。そんな危惧《きぐ》もあり返事を躊躇《ためら》ってしまったのだが、どうやら話は無事に進みそうだった。

「あとね——」

「おい」

木佐の声に重なるようにして、成瀬のむすりとした声が響く。驚いてそちらを見れば、成瀬がずんずんと目の前に歩み寄ってきた。

「な、にか……」

笑みもなく見下ろされる、その威圧感。鋭い視線に縫い止められたように動けなくなり、こくりと息を呑む。ふと、成瀬の右手が動いた。

「……っあ！」

目元に手が近づいたと思った瞬間、ぐいと眼鏡が奪われた。あっと思った時には遅く、突然無防備になった顔を俯き隠す。思いもしなかった成瀬の行動に、驚きよりも先に混乱に襲われた。

（な、何が……何で眼鏡）

長年かけてきたそれは、人前でほとんど外すことがなかった。心許なさに、顔を上げられないまま眉を寄せて声を上げる。

「か、返して下さい！」

「嫌だね」

だが、小馬鹿にするようにふんと鼻を鳴らしながら即答され、混乱が収まると同時にむっとしてしまう。大体、初対面の人間の眼鏡を突然取り上げるなど、いい大人のすることか。

もう一度、今度は少しだけ強めに返して下さい、と繰り返す。

「似合わねぇ伊達《だて》眼鏡は没収だ――それから」

呟きとともに、視界に掌《てのひら》が映る。咄嗟《とっさ》に身体ごと避けようとするが間に合わず、おもむろに前髪をかきあげられ、上向かされた。たいした力も入っていない手を振り払うことも出来ず、不機嫌そうな顔を近づけられ凍りついたように硬直する。

「この長ぇ髪を、切ってこい。雇用条件はその二つだ」

「ど、して」

伊達眼鏡だということを、知っているのか。驚きに目を瞠《みは》り、だがすぐに伊勢に聞いたのかもしれないと思い直す。伊勢が話す可能性は低いが、それ以外には考えられない。

そして、もう一つ。

「……眼鏡を返して下さい。それに、髪型は関係ないはずです」

ぐっと腹に力を入れ、精一杯の非難を込めて成瀬を睨《にら》み返す。額にかけられた手を振り解けば、予想外にそれはあっさりと離れ、朋の額にじんとした熱を残した。

争いごとは嫌いだった。我《が》を通して揉《も》めるくらいならば、大抵の場合人の意見に従う。それで穏便《おんびん》にすむなら、その方がいいと思うからだ。だが唐突に過ぎた成瀬の行動は、朋の中にある錆《さ》び付いた反発心を珍しく動かした。

そんな朋の反応に、成瀬は何故か却って気をよくしたように、にっと口端を上げる。えらそうな態度は変わらないが、不機嫌さは若干緩和されたような気がした。

「関係あるな。大体な、うちに来る依頼人は、ほとんどが揉めてる最中の奴らばっかりだ。そんな時に、んな暗そうな格好見てたら余計に気が滅入《めい》るだろうが」

無茶苦茶な。いっそ呆れるような気分で、そんな言葉が喉から出かかる。かろうじて堪《こら》えたのは、雇用の最終決定者であろう木佐の目があったからだ。

「伊勢先生のところじゃ、甘やかされてたかもしれんが。うちで働くなら、両方ともクリアして貰うからな」

「そんな……」

横暴にも程がある。助けを求めようと木佐を見れば、だが成り行きを見守るように、にこりと微笑みだけが返された。もしかしたら、木佐も同意見なのかもしれない。そう思い、溜息を堪えて再び成瀬に視線を戻した。

「ま、どうしても嫌だっつーなら、仕方ねえ。前髪切れって言われたのでやめましたっつって、伊勢先生に泣きついてもいいぜ」

揶揄《やゆ》交じりの言葉に、ぴたりと朋の動きが止まる。どうする？　と言わんばかりの成瀬の楽しげな、けれど挑発的な表情を見て眉間の皺を一層深くした。伊勢を引き合いに出されてしまえば、嫌だとは言えない。ここで断っても、咎《とが》められることはないだろう。だが、それは朋自身が嫌だった。引き受けた以上、仕事はきちんとしたかったからだ。

どちらを選ぶか。しんと落ちた沈黙の中で、ぐるぐると選択肢が脳裏を巡る。

だが、やめるという選択肢がない以上、朋に選べるのは一つだけだった。

「――判りました」

溜息をつきながら、だが不本意だと顔全体に書いてそう告げる。けれど、朋のそんな態度自体は一向に気にした様子もなく、成瀬がそれなら、と続けた。

「明日までにどうにかしてこい。木佐に言えば経費で落ちる――おい、もういいな」

言うが否や、話は終わったとばかりに面倒くさそうな態度に戻る。がりがりと頭をかきながら、最後の言葉を木佐へ告げ踵《きびす》を返す。一方の木佐は、返事を待たず部屋を後にする成瀬を引き止めもせず、その背を見送った。

(何だったんだ、一体)

嵐のような一幕に、放心したようにぽかんとして閉まった扉を見つめる。結局成瀬は、朋の格好に文句をつけに来ただけのようなものだ。茫然《ぼうぜん》とそう思い、そこでようやく、成瀬に言われる筋合いはないいんじゃないかと気づいた。あの格好で依頼人に会っているなら、お互い様だ。

既に約束を交わしてしまった後なだけに、余計にむっとしてしまう。

「全《まった》く、困ったねぇ」

やれやれと木佐が肩を竦《すく》めた。だが言葉の割にその声は困った風でもなく、のんびりしている。この人も、よくわからない。そう思いながら習慣で眼鏡の位置を直そうと指をやり、そこに何もないことに気づいた。

「あ」

思わず声を上げる。そして、今まで自分が眼鏡もないまま成瀬達と向き合っていたことに思い至った。勢いと怒りでそれどころではなかったせいだが、外された時に感じた心許なさは幾分和らいでいる。そんな朋を見て、木佐がああと微笑んだ。

「眼鏡ならさっき成瀬が持っていったよ。後で返すように言っとくから。あ、でもさっきあいつが言った条件は、そのままってことにしとこうかな。折角了承貰えたし」

「え？」

ということは、あれは成瀬の独断だったのだろうか。顔に浮かんだ疑問は、だが木佐に黙殺された。そして変わらぬ調子で、駄目押しされる。

「領収書、貰ってきてね」

そんなと上げた声は、聞き届けられない。早まったかもしれないと思った時には、後の祭りだ。先が思いやられる。そんな思いは、溜息として朋の口から漏《も》れた。

正直に言えば、嫌だった。だが、それ以上に伊勢に駄目でしたと言いたくはなく、諦めるしかないと自分を納得させた。

「じゃあ顔合わせもすんだし、明日からよろしくね」

「はあ」

にっこりと、今までのやり取りがなかったかのような木佐の笑みに、疲れたように頷く。

雇用主である二人のマイペースさを、短時間で思い知らされたような気分だった。

気が緩んだところで、思わず確かめるような言葉が口をついてしまう。

「成瀬先生は、こちらの先生です、よね？」

「あはは、そうだよ。見えないだろう？　さすがに、法廷行く時とか依頼人に会う時は、服だけはちゃんとさせてるけど。それでも、新規のお客様なんかは腰がひけてるんだよね。っていうか、あいつが櫻井君の格好のこと言っても、説得力ないよねぇ」

「……まあ」

それはそうだ。口には出さず、心の中で頷く。けれどやはり先程の条件を撤回する様子はなく、木佐がのんびりと続けた。

「見てくれああで、なかなかやる気も出さないから、慣れるまで大変だと思うけど頑張ってね。あれがやる気出して仕事してくれるようになったら、お礼もさせて貰うから」

「はあ」

と言っても、そもそも上手くやっていけるのか。そんな朋の危惧を僅かに曇った表情から察したのか、木佐が「大丈夫だよ」とけろりと告げた。

「君の能力だとか、成瀬との相性は別問題だけど。あれはまあ、弁護士のくせして口下手なんだなーくらいに思っておけばいいから」

口下手。あの尊大な態度が、その一言で片付くのか。一瞬真面目に考え込みそうになった朋は、だが突如いいことを思いついたと言わんばかりの木佐の声に意識を引き戻された。

「折角だから就業条件に入れておこうかな。成瀬が請け負った仕事の件数によって、櫻井君の給料アップ。うん、我ながら名案だ」

「はあ……」

いつの間にか本気で付け加えられそうな勢いのそれに、賛成すればいいのかも判らないまま、唖然《あぜん》として目の前に座る楽しげな雇用主を見つめた。

(大丈夫かな、ここ)

話を請けてしまったことをいささか後悔しながら、朋はひっそりと溜息をついた。

◆　◆　◆

木佐法律事務所は、弁護士二人、事務員二人のこぢんまりとした事務所だった。名は木佐となっているが、実際は成瀬との共同経営なのだという。当初木佐が個人で立ち上げた事務所であったのと、その後共同出資の形となったにもかかわらず名称変更を面倒がった成瀬によって、結局木佐の名を取った事務所名のままとなっているらしい。

以前働いていた事務所では、経営者でもある弁護士……所謂《いわゆる》ボス弁と呼ばれる伊勢が、その他十名弱の弁護士を抱えていた。そのため事務員も、弁護士一人に対し一名、そして全般的な事務作業のために数人という大所帯だった。朋の弁護士事務所のイメージ自体が、全てそこで出来上がってしまっていたため、当初この事務所の人数の少なさに面食らってしまった程だ。このくらいの規模の事務所が珍しいものではないというのは、後から説明されて知った。

伊勢の紹介とはいえ、面接時の出来事もあり実際に働き始めるまで不安がなかったと言えば嘘になる。

『経験より人柄と信頼性重視で、誰か人間を紹介して欲しいと言われたんだが。思い当たる子が他にいなくてね』

そう言った伊勢の言葉には、世辞も多分に含まれていただろう。だが、昔から返せない程の恩がある人物から、初めてされた頼みごとだったのだ。こんなことで返しきれるとは思ってもいないが、自分に出来る限りのことはしたかった。

慣れた環境から離れることに、かなりの不安はあった。だがそれを悟られれば、伊勢はさりげなくけれど確実に頼みを引っ込めてしまうだろう。だから、不安な気持ちは一切見せず自分でいいならと快く請け負った。

『所長が、友人の息子でね。人間性はともかく、性格になかなか癖があるから人を選ぶのも一苦労なんだ。櫻井君なら、問題ないとは思うんだが……まあ、悪い子ではないし弁護士としての優秀さは保証するけれど、もし辛くなったら私に気兼ねせず辞めて戻っておいで』

いつ戻ってきても構わないから。そう言って、きちんと朋の居場所を残してくれていることに感謝しながら、絶対に伊勢の顔に泥を塗るような真似だけはすまいと誓ったのだ。

そして朋にとって幸いだったのは、実際に働き始めてみれば、この事務所がそれ程居たたまれない場所ではなかったということだった。

「成瀬先生、郵便です」

言いながら、郵便物を片手に執務室の扉を開く。だが視界に入った光景に、朋は足を止めて目を眇めた。呆れてものも言えないその光景は、既に珍しいものではなくなりつつある。

部屋のレイアウト自体は、木佐の執務室と左右が逆なだけで、ほとんど変わらない。入口から入り、左手に応接用のソファとテーブル。右手に窓を背にして仕事用の机。そして、正面に書棚が置かれている。その中の、書類が山積みになった仕事用机の向こうに、椅子の背《せ》凭《もた》れに深々と背を預け、雑誌を広げたまま顔の上に載せて居眠りしている成瀬の姿があった。ようするにさぼっているだけのそれに、またかと溜息をつく。

成瀬秋貴《あきたか》、三十三歳。普段はつけていないが、その机の引き出しの中に、向日葵《ひまわり》と天秤を象《かたど》ったバッジを所有する正真正銘の弁護士。現在民事を主に担当し、刑事事件や企業顧問などもごくまれにだが請けているらしい。

だがいつそんなに仕事をしているのか不思議になる程、普段の成瀬の姿はだらしない——というか、のんびりしている。

もちろん裁判所や外部の相談所などに赴《おもむ》くための外出も多く、依頼人との打ち合わせもあるためそれなりに働いてはいる。ただ、今まで目にしていた休む間もなく立ち働く弁護士達の姿は、成瀬には微塵《みじん》も重ならなかった。

ここで勤務を始めて二週間。その間に、この寝姿は既に幾度か目にしている。もちろん、対処方法もしっかりと教わった。

無表情のままつかつかと歩み寄り、持っていた郵便物を机の上に置く。そして椅子の側《そば》に立ち、そっと顔の上の雑誌を開いたまま両手で持ち上げた。

瞼の閉じられた無精髭の浮いた顔は、改めて見れば嫌味な程に整っている。同じ整っていると言っても、木佐のような綺麗さではなく、逆に野性味のある男らしさといった印象だ。髭を剃《そ》ってきちんとした格好をすれば、随分《ずいぶん》と男前だろうに。勿体ないと思いつつも、数センチ上まで持ち上げた雑誌からぱっと手を離した。

「……――って」

ばさり、と軽い音とともに、成瀬が小さな声を上げる。さほど厚みのない雑誌だから、痛みは少ないはずだ。だがその衝撃にさすがに目を覚ました成瀬が、むすりとしながら雑誌を膝の上に落とした。

「おはようございます、郵便です。あと三十分で来客の予定時間になりますから、準備しておいて下さいね」

にこりと空々しい程の笑みを顔に貼りつけながら、机の上に置いた郵便物を指差しそう告げる。すると、顔を掌でさすっていた成瀬が胡乱《うろん》げな目で朋を見遣《みや》った。

「お前、起こし方がだんだん乱暴になってねぇか」

まだ幾分寝ぼけたような声でぼやきを漏らす成瀬に、笑みを収め目を逸《そ》らしながら気のせいですよと肩を竦めて返す。こんなのはまだ軽い方でしょう。声には出さずそう呟くのは、朋に成瀬の起こし方を教えた木佐の行動を目の前で見ているからだ。

『ほっとけば起きるし、寝起きもいいんだけど。どうしてか、起こそうとしても生半可《なまはんか》なことじゃ起きないんだよねぇ』

笑いながらそう言った木佐は、更に、怪我さえしなかったら何してもいいよと続けた。そしてそう言った本人は、持っていたファイルを成瀬の頭の上に軽く振り下ろしたのだ。もちろん、手加減はされていたのだろう。だが、ばこんといい音を響かせたそれは、見ていた朋が思わず顔をしかめてしまった程には痛そうだった。

「木佐にいらんこと吹き込まれやがって」

ぶつぶつと文句を言う成瀬に、朋は今度こそ呆れたように溜息をついてみせた。

「なかなか起きないのはどなたですか。怪我さえしなければ、どんなことをしてもいいと木佐先生の許可は頂いています。文句がおありなら、そちらへお願いします」

成瀬の側に立ったまま、掌を上にして木佐の部屋がある方角を示す。その言葉に顔をしかめた成瀬は、何も言わず頭を掻いた。

そもそも、声をかけたりそっと肩を揺すったり程度のことは既に試している。それでもびくともしなかったからこそ、多少荒い方法をとるようになったのだ。自業自得です、と嘯《うそぶ》けば成瀬は諦めたように溜息をついた。

「初日の方が、まだ可愛げがあったな」

耳に届いたあからさまに残念そうな低い呟きに、それを貶《けな》してきたのは誰だと睨みながら言い返す。

「てっきり成瀬先生は、大人しい人間がお嫌いなのかと思っていましたが」

「生意気なのが好きだと言った覚えもない」

「そもそも、男に可愛げを求めないで下さい」

根本的にそれが間違っているでしょうと呆れ、だがすぐに表情を改める。元々この部屋を訪れた用件は、郵便物だけではなかったのだ。

「何か準備が必要ですか？」

相談に訪れる依頼人のために、内容に関係しそうな資料をあらかじめ用意しておくのも朋の仕事の一つだ。何に関わる相談かさえ判れば、説明に必要なものをすぐに手に取れるようにしておく程度の準備は出来る。

「ああ、とりあえず今日はいい。相続関係のパンフレット類だけ、念のためすぐに出せるようにしておいてくれ」

そう言いながら立ち上がった成瀬が、背筋を伸ばすようにして欠伸《あくび》をする。

「はい。他に何かありますか？」

ついでに何か用事があれば聞いておこうとそう告げれば、一瞬考える素振りを見せた成瀬がいや、と呟いた。

「今はないな。ありがとよ」

ぽん、と。朋の横を通り過ぎながら、成瀬が頭に軽く手を置いてくる。すれ違いざまの、気安い仕草。すぐに離れた体温に、どうしてか触れられた場所がくすぐったい気がして、前髪を直す振りで顔を俯けた。

（また、だ）

部屋の奥に並べられた書棚へと向かい、ファイルを探し始めた成瀬の背をちらりと見つめる。ありがとうという言葉と、何気なく頭に置かれる手。それは今が初めてではなく、勤務を始めた頃から折に触れされているものだ。

（何ていうか、あれだよな）

言うなれば、子供扱いされているというか。その辺りを聞いてみたいような気もするし、聞きたくないような気もする。自分でもよく判らない感情に、戸惑いを隠せない。

初対面での成瀬の態度は、今も記憶に新しい。結局眼鏡は取り上げられたままで、当日のうちに髪を切りに行った。久々に前髪越しでなく見た自分の顔は、幾分青年らしさが出てきていた。少なくとも、昔のように少女に間違われるようなものではなくなっており、それだけは安堵《あんど》した。

そして翌日事務所に出勤した朋が見たのは、どこか満足げな成瀬の表情だった。

結局、理不尽だと思える物言いをされたのは、面接時のあの一件だけである。むしろ働き始めてからは、朋が反発しようがぞんざいな口をきこうが、一向に気分を害した様子は見せない。そういった意味では、ある意味寛容なのかもしれなかった。

（そういえば、あの時からだったな）

成瀬に対する態度を決めかねていた頃、最初にこうして礼を言われた時だ。突然のことに驚きを隠せなかった朋と、その様子を見て居心地の悪そうな表情を浮かべた成瀬。

その表情を思い出し、朋はふっと口元を綻《ほころ》ばせた。


確かそれは、勤務を始めて三日目くらいのことだった。成瀬に頼まれた、清書した書類を持って行った時のことだ。

書類の整理や清書は、以前やっていたことがあるため、割合慣れるのも早かった。もう一人の事務員の女性にチェックして貰い執務室へと持って行くと、成瀬は机の横に立ち外出の準備をしていた。

「外出ですか？」

俯き加減で言いながら成瀬の方へと向かい、机の上の邪魔にならないところに清書した書類を置く。渡そうにも、成瀬の両手が塞がっていたからだ。

一日の予定は、その日の朝に一通り聞いている。ちらりと部屋の壁に掛けられた時計を見れば、針は午後三時を指していた。この時間に外出があると言っていただろうか。忘れていたかと慌てて今朝の記憶を浚《さら》うものの、覚えはなかった。

「野暮用が入った。今日はもう戻らないから、電話があったら明日折り返すと言っておいてくれ。急用だけ、連絡先を聞いて携帯に入れてくれればいい」

「判りました……あの」

何か準備は必要ですか？　そう問おうとし、だが余計なことだったかと口を噤む。見れば、鞄《かばん》は既に机の上に用意されており、あとは出かけるだけのようだった。それ以上必要なものもなさそうな様子に、顔は伏せたまま、いえ、と言い残し部屋を後にしようとした。

と、その時。待てと引き止める声とともに、頭の上に無造作に掌が載せられる。そしてそのまま、ぐいと軽く顔を正面へと向けられた。

「——ッ」

睨むように覗《のぞ》き込んできた成瀬の顔に驚き、思わず一歩引いてしまう。すると、すぐに手を外した成瀬が、おい、と不機嫌そうな声を上げた。

「お前、いつまでそうやってる気だ。顔上げて、前向け」

声そのままの表情に、ぐっと俯くことを堪える。それでも、目元を覆うものがないという状態に慣れず、視線は自然と落ちてしまう。最初に成瀬から眼鏡を取り上げられてしまった時のように勢いでもあればいいが、冷静になると周囲の目が気になってしまうのだ。

「そうやって隠してる方が、却って不自然だ。堂々としてろ」

「え？」

だが続けて聞こえてきたのは、幾分気まずさの混じる声だった。言われた内容に、一瞬どきりとする。まるで朋がどうして伊達眼鏡をかけていたのか、知っているような口ぶりだった。そんなわけはないと判っているが、僅かな動揺は隠せない。

視線を上げれば、正面からこちらを見据えている成瀬の表情にも、声と同じ気まずげな色が浮かんでいる。

（でも、どうして……）

困惑する朋に、成瀬が更に続けた。

「それに、そっちの方が似合ってる」

え、と朋は軽く目を瞠る。それがどういう意図で言われたのかは判らない。だが、先程とは違う胸の高鳴りに落ち着かなくなりながらも、強張っていた肩から力が抜けた。成瀬の言葉の意味と、胸に広がった不思議な感覚に、内心首を捻《ひね》る。

「ああ、それから。あれ、やったのお前か？」

自分の気持ちを追うのに必死で固まってしまったまま、目を逸らすことすら忘れていたらしい。凝視していた朋からさりげなく視線を逸らし、成瀬が机の上を指した。

そこに置かれた一冊のファイルは、過去の書類を時系列と案件別にまとめたものだ。昨日成瀬が一日留守だった間に、無造作にファイルに突っ込まれたそれが机の上から落ちそうになっているのを見つけ、とりあえず揃《そろ》えて挟み直しておいたものである。

一応、木佐に触っていいかを確認し、過去分のファイルを参考にしてやったが、余計なことだったろうか。そう慌てれば、けれど返ってきたのは予想外の言葉だった。

「いい加減、やらねぇとと思ってたからな。助かった、ありがとよ」

そして、ぽんとまるで子供を褒《ほ》めるように頭を軽く叩かれる。驚きと困惑とで、ぽかんと口も目も開いた朋に、成瀬は何故か居心地の悪そうな顔になった。

「何だ、その間抜《まぬ》け面《づら》は」

「成瀬先生に、お礼を言われるとは思っていなかったので。っていうか、間抜け面って何ですか」

突然のことに茫然としながら、ぽろりと思ったままを告げてしまう。しまった、と思った時には遅く、眉を顰《ひそ》められていた。だが先程の言葉を聞いた後だからか、その表情にさほど不機嫌さは感じられなかった。

「お前、俺をどういう目で……ああ、まあいい。間抜け面っつーのは、その目も口もぽかーんと開いた顔のことだ」

「痛っ！　いたたた……っ！」

言いながら、ぐいぐいと頭に載せられた手に力を入れられ、頭蓋骨《ずがいこつ》に軽い痛みが走る。突然のそれに声を上げれば、手はすぐに外された。けれど恨みがましく成瀬を見遣れば、ふふんと勝ち誇ったような表情が浮かべられる。大人げないそれに怒る気も失せ、朋は全くと溜息をついた。

「ま、これからもこの調子で頼む」

そう言って出かけていった成瀬の背を見送りながら、朋は告げられた言葉の温かさに、そっと頬を緩めたのだった。


「おい？　何ぼんやりしてる」

耳に届いた声にはっと我に返れば、書棚からファイルを見つけ出したらしい成瀬が、訝しげにこちらを見ていた。

「え？　あ、いえ。何でもありません。じゃあ、俺はこれで」

気がつけば、以前のことを思い出し成瀬の執務室でぼんやりしていたらしい。慌てて踵を返して部屋を後にする。ぱたんと扉を背にして閉めれば、事務員用のスペースで机の前に座った女性が顔を上げた。

「あ、朋君。成瀬先生起きてた？」

机が四つ向かい合わせに並べられた事務スペースは、木佐や成瀬の執務室から見えるように、逆に入口側からは見えないようにパーティーションで区切られている。さほど高さもないそれは、長身であれば側に来て覗き込めば見える程度のものだ。

自分用の机に戻り、声をかけてきた向かいに座る女性……榛名亜紀《はるなあき》に、答えの代わりに首を横に振ってみせる。

「起こしました」

「朋君も、成瀬先生起こすのにだいぶ慣れてきたねぇ。今日は素直に起きた？」

「多分。さすがに、二度寝はしないと思います」

「まあ、万が一してたらお客さんが来る直前に叩き起こしましょ。そんなことより、いまのうちに休憩、休憩」

にこにこと笑みを浮かべ、榛名が席を立ち給湯室へ姿を消す。何か手伝うかと座りかけた椅子を戻すと、ぺたりと温かい何かが足下に張りついた。下を向けば、朋の腰の高さ辺りに、小さな子供の頭とつむじが見える。

「ああ……直《なお》君、起きた？」

腰を落として膝をつき、目線を合わせる。じっとこちらを見つめてくる瞳に微笑んでみせ、軽く頭を撫でた。掌に伝わってくる子供特有の体温の高さは心地好く、ぎこちなかった表情は自然と綻んでいく。

こちらの言葉に何の反応も示さないのは、判っている。だからといって、懐いてくる子供に対し邪険にする気は起きず、「もうすぐおやつがくるよ」と話しかけた。

「あら、タイミングぴったり。今日は直君の大好きなショートケーキ。しかもあまおうよ、あまおう！　一番イチゴが大きいやつあげるわね」

給湯室から出てきた榛名の手には、ケーキを盛った三枚の皿が器用に持たれている。その危なげない手つきに皿は任せたまま、朋は壁際から子供用の椅子を運んだ。自分の横にそれを置くと、今度は手早くお茶とジュースを運んで来た榛名が、子供用椅子を挟んだ向こう側に自分の椅子を引いてきた。

この事務所では、よほどのことがない限り強制的に十五分程度の休憩時間がとられる。時間は決まっておらず各自に任せられているが、必ずとるようにと木佐に言われていた。

『集中力って、そんなに持続しないからね。合間に一旦頭を休めることも必要だよ』

それが、ここでの方針なのだという。そして、今は直がいることから三時付近に事務員のみでお茶の時間を作っていた。

「うーん、美味《おい》しい」

満面の笑みで、榛名がケーキを口に運ぶ。直というより自分が好きな物なのだろうなと心の中で苦笑する。ちらりと横目で直の様子を窺えば、少しずつながらも口に運んでいた。

あと数ヶ月で六歳になるらしいこの少年は、檜垣《ひがき》直といった。

面接時に木佐から話があったのはこの直のことで、手間はかからないだろうとの言葉通り、本当に手のかからない少年であった。木佐の従姉《いとこ》にあたる人の子供らしい。海外出張中の夫の下に行っている二ヶ月の間だけ、預かっているのだそうだ。

（多分、何かあるんだろうけど……）

五歳とは思えない身体の小ささと、表情のなさ。まだ幼いラインの輪郭《りんかく》の中にある大きな瞳は、喜怒哀楽を浮かべればさぞ豊かに感情を表すだろうに、その視線はどこか茫洋《ぼうよう》としていた。

そして、人見知りというには激しすぎるそれは、事務所の人間以外の人がいる場所には決して出てこない程だ。

「美味しい？」

小さく問えば、ちらりと視線がこちらに向き、すぐにケーキへと戻る。表情は全く変わらない。それでも二週間見ているうちに、嫌がってはいないだろう程度の判断はつくようになった。

「直君、すっかり朋君に懐いてるねぇ。私なんて最初の一週間、ほとんど姿も見せて貰えなかったのに」

フォークの先を咥えわざと恨めしげにこちらを見てくる榛名に、苦笑を返す。とても二十歳の朋より、更に八歳も上とは思えない仕草である。性格は至ってさばさばとしており、一緒に仕事をしていていい意味であまり女の人という感覚がない。

直が、すぐに朋に懐いたのは本当だった。勤務開始日に紹介され、二日目には朋の前にも自ら姿を現すようになった。周囲に驚かれたそれも、朋自身はさほど疑問に思っていなかったのだが、日が経つにつれ、その人見知りぶりを目の当たりにすることで、皆の驚きを理解した。

「ここの中で一番、歳が近いからじゃないですか？」

「それは、私に対する挑戦かしら」

何気なく呟いたそれに、咎めるような視線と言葉が返され、慌ててしまう。

「違っ……そんな意味じゃないですよ!?」

「素敵な言葉をくれた朋君に、お礼に今日の外回りを任せて差し上げましょう」

言いながら、榛名は最後の一口を口に運び残ったイチゴを直の皿に移す。大きく艶《つや》やかなイチゴは、どうやら気に入ったらしい。ケーキ部分を小さめにしていたせいもあり、普段から食が細い直も綺麗に食べていた。

「え？」

初めて任される仕事に、思わず声を上げる。経験があるといっても、以前の事務所では人数が多い分ほとんどの作業が細分化されていた。外回りもその一つで、朋はやったことがない。不安げな様子を見てとったのか、榛名が『初めてのお使い』ねと茶化《ちゃか》して笑った。

これで私も少し楽が出来るわーと臆面もなく言いながら、手元は動いていたらしい。いつの間にか、食器類は全て綺麗にまとめられていた。

片付けようと出した手を制され、「これはいいからお出かけの準備」と机を示される。

「今日の行き先は、裁判所と弁護士会と、郵便局ね。書類の受け取りがあるから、忘れないこと。あと、事件記録の謄写《とうしゃ》だけど、必要なものは先生方に書いておいて貰ったからメモを忘れないでね。行く準備が出来たら、今日は特別大サービスでチェックしてあげる」

大急ぎで準備を整えながら、先程成瀬に言われていた書類を集める。今日はさほど詳しい話にまではならないと踏んでいるのだろう。いくつかのパンフレットと、手続きに必要なものが書かれた書類をざっと集め自分の机の上にまとめて置いた。

「成瀬先生の来客用の資料、ここに置いておきますね」

先程から朋の側に張り付いていた直が、出かける気配を察したのか、身を翻《ひるがえ》して逃げるように奥の部屋へと向かう。いつも、事務所の奥にある宿泊も可能な仮眠部屋で大人しく遊んでいるのだ。

ぱたぱたと去っていく背にどこか懐かしい気配すら感じ、小さく溜息をつく。大人しく、無口な子供。言いたいことがないのではなく、言いたいことを口に出せない感覚。それは、嫌になる程知っていた。

もしかすると直は、本能的に何かを感じ取っているのかもしれない。周囲の誰も持っていない『同じ空気』が、朋にはあるということを。

正直に言えば、直を最初に見た時は複雑な気分だった。あまり思い出したくないものを、彷彿《ほうふつ》とさせたからだ。だが同時に、それを突き放そうと思わない自分にも気づき、驚いた。

ようやく落ち着いてきたのか、それとも別の理由か。どちらにせよ自分自身にとっていい傾向であることに、間違いはなかった。

これも何かの縁だろう。そう思いつつも、ほんの僅かな苦手意識は消えていないのだが。

「さて、準備準備……」

気分を変えるように呟きながら時計を見る。あと少しで、依頼人が訪れる時間だ。未だ自身の執務室から一向に姿を見せない成瀬に、もう一度様子を見に行くかと別の意味で溜息をつきながら、朋は目の前の仕事へ意識を戻した。

◆◆◆

「先生、本当にありがとうございました」

深々と、頭を下げているのだろう。そんな様子すら浮かんできそうな声に、自然と頬が緩む。続く成瀬のいえ、という淡々とした声。恐らくぶっきらぼうに言っているだろう様子も、目に浮かぶ。

老年にさしかかった女性と、その娘の二人連れは、数日前に初めてこの事務所を訪れた依頼人だ。成瀬達がいるのは、事務所の一角をパーティーションで区切った応接スペース。難しい依頼など、こみ入った話になる場合は個室となった相談室を使用するが、簡単な法律相談や接客などは、基本的に応接スペースで行われる。

成瀬が取り扱っているのは、相続や離婚などの身近な問題が多い。大手法律事務所特有の名前が知られていることへの安心感には欠けるものの、逆に相談のためにさほど構えなくてもいい。そういった雰囲気の事務所だった。

今成瀬に礼を言っている依頼人は、知人からこの事務所を紹介されたらしい。ある日唐突に届いた、裁判所からの支払督促《とくそく》に関する相談だった。

「いえ。被害がなくてよかった」

「ええ。あの日、大慌てで銀行の方に事情をお話ししましたら、そういった確認を電話ですることはないと言われました。本当に、先生のおっしゃった通り。話を聞いた時はもう駄目かと思いましたけど、預金も無事でしたし、手続きも終わって安心しました」

依頼人の元に届いたのは、正式に裁判所から届いた支払督促だった。けれどその債権者の名前にも、一千万円にのぼる請求金額にも、そして用途にも、一切身に覚えはなかったのだという。更に悪いことに、依頼人は最初に届いたそれを、気味が悪いと放置した。詐欺や架空請求の話が飛び交う昨今、関わらないのが一番だと思ったらしい。だが二週間程経った頃、再び同じような通知が届き、さすがに違和感を感じた。そして娘と知人に相談し、弁護士に話を聞くことにしたそうだ。

それは、いわゆる裁判所の支払督促を利用した架空請求だった。

支払督促は、相手方が異議を申し立てない限り、申立人が裁判所を訪れなくても簡単に手続きがすんでしまう。そして何より、督促を受け取った側は依頼人のように何もしないというパターンが多く、そこに目をつけた詐欺だった。

最初の通知を受け取った翌日から二週間以内に異議申立の手続きをしていたら、話はもっと簡単だっただろう。架空請求の場合、裁判にまで話が進むことはほとんどない。だが期日が過ぎ仮執行の宣言がされてしまったため、いつ財産を差し押さえられてもおかしくはない状態になってしまった。

成瀬が、幾つかの書類を元に支払督促に関する条文の説明を行い、早急に強制執行の停止を申し立てる必要があるというところまで話し終えた時、依頼人は真っ青になっていた。事態の重さをようやく認識したのだ。

その時の成瀬の様子を思い出し、朋は給湯室で来客用のお茶の準備をしながら、ふっと零れ落ちるように笑む。あの時、成瀬を初めて弁護士らしいと思ったのだ。

『落ち着いて下さい。確かに一刻を争いますが、まだ十分対応は可能です』

慌てる依頼人を宥《なだ》めるようなそれは、淡々としながらも柔らかかった。

事務所を訪れた当初、当然のことながら依頼人達は成瀬の格好に腰がひけていた。だが、成瀬が丁寧な口調で判りやすく事態の説明をしていくにつれ、その様子は次第に消えていったのだ。そして今後の対応を話し終えた時、依頼人の顔に浮かんでいた表情は信頼する人に対するそれだった。

絶対の安心感。恐らく成瀬には、そういったものを与えるような雰囲気がある。格好は多少型破りでも、依頼人への対応はあくまでも丁寧だ。いかに自分にとって慣れた手続きであっても、訪れた依頼人にとっては一大事である。事務的な話をしても、面倒そうな雰囲気は微塵も見せない。

（あの丁寧な口調こそ詐欺だろうって、最初は思ったもんな……）

自分など、初対面で眼鏡を取り上げられるという暴挙にでられたのに。まるで子供のようなそれと、弁護士の顔。その落差が何となくおかしくなり、くすくすと笑いが漏れた。

『すぐに、督促異議と強制執行停止の申立書を作成しましょう。後程、書類の確認と委任状の記入をお願いします』

さらに依頼人から、事務所に来る前、銀行から預金口座の支店名に関して確認の電話があったという話を聞いた成瀬は、銀行に事情を話し預金を払い戻しておくことを勧めた。一般的に、銀行からそういった電話がかかるとは考え難い。もしその電話が支払督促を申し立てた犯人からのもので、銀行名や支店名の情報があちら側に渡ったのだとすると、その預金が真っ先に差し押さえられる可能性がある。手続きが終わるまでの間、念のため引き出しておいた方が安全だ、と告げた。

そしてすぐに諸々の手続きを行った結果、被害が出ることもなく無事に解決したのだ。

「朋君？　お湯、もう沸いてない？」

背後からかけられた榛名の声に、はっとする。先日の出来事を思い出しながらぼんやりしていたらしく、いつの間にか目の前でやかんから湯気が立っていた。入口から顔を覗かせている榛名にすみませんと苦笑を返しながら、慌てて火を止める。

手早くお茶の準備をし、湯呑みを三つ載せて相談スペースへと運ぶ。基本的にお茶出しは手の空いた方がやることになっていた。

失礼しますと声をかけて中へ入り、お茶を出す。すると、にこにこと笑みを浮かべた依頼人の老婦人が、朋へと声をかけてきた。

「あなたも、あの時はありがとう」

「え？」

突然の言葉に、何のことだか判らず目を見開いた。

「この間、私が慌てていたら『大丈夫ですか？』って声をかけてくれたでしょう？　あれで少し落ち着いたの。だからありがとう」

微笑みながらのそれに気恥ずかしくなり、いいえと俯く。自分でも無意識だったため、言われるまで覚えてもいなかった。

「息子がもう少し若ければ、お嫁に来て欲しいくらいだわ。もういい歳なのにまだ独身で」

だが続けられた、いかにも残念そうといった口調に、え、と眉を顰めた。依頼人の向かい側に座る成瀬は、さも面白い言葉を聞いたといった風に、にやにやとした笑みを隠そうともしていない。老婦人の隣に座る娘も、申し訳なさそうな表情をしつつも、口元はしっかりと笑っていた。

「……いえ」

さすがに怒るわけにもいかず憮然《ぶぜん》とした表情でそう呟いた朋に、微《かす》かに事務所の奥の方から堪えきれない榛名の笑い声が聞こえてきた。


「お疲れ様です、コーヒーです」

依頼人達が帰った後、全員にお茶を配り成瀬の執務室の扉を叩いた。

仕事中——パソコンや書類を見る時にだけかける細身の眼鏡の奥で、すっと眼が細められた。ばさりと、何気ない素振りで、読んでいた書類を裏返して机の上に放る。その動作に、見ない方がいいものなのだろうと察し、さりげなく視線を外した。

「——どれか、退けて頂けませんか」

思わず声が低くなったのは、机の上にコーヒーを置く場所がなかったからだ。相変わらず乱雑なそれに溜息をつく。適当に書類が退けられ、空いた隙間にカップを置いた。

「そういや昨日、裁判所で伊勢先生に会ったぞ」

「え！　本当ですか？」

思わぬ名前に身を乗り出せば、やや驚いたような顔で、成瀬がコーヒーを手にとった。まだ湯気の立っているそれを一口飲み、眉間に皺を寄せる。普段はブラックなのだが、今日は砂糖を二杯入れているのだ。さっき、遠慮なく笑われた仕返しだ。物言いたげな視線に素知らぬふりでにこりと微笑めば、それ以上文句は出なかった。

「地裁で、ばったりな。たいして話はしてないが、お前は元気でやってるかと気にしてらしたぞ。一回挨拶に来たきり、連絡がねぇってな」

「そうですか」

その言葉に、自然に表情が緩むのが判った。ここへ勤め始めて一度だけ挨拶には行ったが、仕事中に邪魔をするのも気が引けて、早々に報告だけして帰ったのだ。

「くそ生意気なのよこしてくれて、ありがとうございますっつっといたぞ」

「つな！　成瀬先生！」

何てことを、と詰め寄るが事実だろとあっさりと返された。その悪気のなさそうな態度に茫然としていれば、これのお返しだとでも言うようにコーヒーに再度口をつけた。

「何か、驚いてたけどな。お前、あっちの事務所じゃ相当猫被ってたんじゃねぇのか？」

にっと口端を上げた顔を恨みがましく睨みつけ、僅かに唇を尖らせる。どうせ言うなら、もう少しいいことを言ってくれればいいのに。

「――あちらでは、成瀬先生みたいに隙あらばさぼろうとする方は、いらっしゃいませんでしたから。みなさん真面目な方だったので」

誰がこんな対応をさせているると思っているのか。嫌味混じりに言うが、案の定成瀬は堪《こた》えた様子もなく面白いものを見たように眼を細めるだけだった。

「伊勢先生、お元気でしたか？」

諦めるように溜息をつきながらそう問えば、成瀬が何を思い出したのか、くくっと笑いながら頷いた。

「相変わらず、精力的な様子だったけどな。一緒に連れて来てた新人が何か失敗したらしくて、裁判所の中で叱りつけてたぞ。そろそろ六十歳だろう？　あの元気はどこからくるんだか」

その様子が手にとるように想像出来、つられるように朋も小さく声を立てて笑った。

「そうですね、昔からそういうところは変わりません」

まだ朋が幼かった頃、同じように叱りつけてきた伊勢の姿は、今でもはっきりと覚えている。怒るのではなく、叱っていると判るそれは、自分のためでなく相手のための感情だ。

思い出とともに無意識のうちに浮かべていた、親しい者だけに向ける曇りのない笑み。楽しげな自身の表情に気づかないまま、朋はふと目が合った成瀬に微笑んでみせた。

「……――」

不意に、机を挟んで正面に座る成瀬が、カップを持ったまま手を止める。

「先生？」

何かよほど不思議なものでも見たような、驚きも露《あらわ》な表情。珍しいものを見た、と驚いていれば、成瀬はすぐに我に返ったように表情を戻し何でもねぇと視線を逸らした。だが、何かに思い至ったように朋へと視線を戻す。

「お前、確か一人暮らしだったよな」

「え？　あ、はい。そうですけど」

「そうか。仕事の後、暇なら飯食わせてやるから付き合え」

「……は？」

唐突な言葉に、思わず目を丸くする。何か聞き間違えただろうか。首を傾ければ、成瀬が嫌そうに眉を顰めた。

「何だ、その鳩が豆鉄砲食ったような顔は」

「いえ。すみません、ちょっとびっくりしたので」

慌てて表情を戻し、けれどすぐにそれを曇らせた。仕事場ならともかく、個人的に誰かと関わるのはあまり好きではない。それに、幾ら上司とはいえ成瀬に奢《おご》って貰う理由もない。だが断る言い訳も思いつかず逡巡していれば、成瀬が何でもないことのように先を続けた。

「直が、俺じゃあんまり飯食わなくてな。お前には懐いてるし、あいつに食わせてくれ」

その言葉に、ああと納得する。突然の申し出に戸惑ったが、直のことがあるなら理解も出来た。気が進まないのは変わらないが、かといって直の食が進まないなどと聞いてしまえば放っておくのも気が引ける。少しの間考え、結局判りましたと答えた。

「そういうことなら」

お盆を抱えたまま頷けば、部屋の外から微かに電話の鳴る音が聞こえてくる。事務所を榛名に任せっぱなしにしていたことを今更ながらに思い出し、慌てて頭を下げ踵を返した。

「終わったら、そのまま直と一緒に待っとけ」

背後から投げられた言葉に、扉を開きながら判りましたと返す。

そんな成瀬の声が楽しげなものであったことに、仕事に気をとられていた朋は気づかなかった。

◆◆◆

「ごちそう様でした」

店を出た後、道路脇に立ちぺこりと頭を下げる。それに成瀬が、ああと表情も変えず頷き返した。朋と手を繋《つな》いで立っている直を見下ろすと、火をつけていない煙草を咥えたまま、くしゃりと大きな掌で頭を撫でる。

「お前も、今日はよく食ったな」

その様子に、ふと既視感《デジャビュ》を感じた。そしてすぐにああと心の中で呟く。それは、成瀬が時折自分に対してしているのと同じ動作だったと思い出す。

（やっぱり、あれかな）

予想通り、子供扱いだったのかもしれない。そう思い至り、文句をつけようかと思ったものの、もやもやとした気分が増し視線を逸らした。

成瀬の仕事が終わるのを待って三人で訪れたのは、事務所から少し歩いた場所にある小料理屋だった。マンションの一階に溶け込むようにあったそこは、どうやら行きつけの店らしい。料理をしていた店長や接客をしていた店員が、どちらも成瀬より若そうな青年なのには驚いたが、料理は文句のつけようもなく美味しかった。

直も、よく連れて来ているようだった。頼まなくても、メニューにはない子供用にアレンジされた料理が運ばれてきたことからそれが伺《うかが》えた。黙々と食べる姿に、もしかすると自分がいなくても食べているんじゃないかとも思ったが、店員と成瀬が話している様子から今日は本当によく食べていたのだと知った。

「あそこ、いい店ですね。美味しかったし」

三人で夜道を歩きながら、晴れない胸の内から目を逸らす。ぎゅっと朋の手を握ったまま歩いている直を見ながら、ね、と呟けば、ちらりと視線が上がり朋の方へ向けられた。

「近いから便利だしな。木佐もよく行ってる」

「そうなんですね」

「そういや、歓迎会断ったってな。やってりゃあそこだったろ」

何気なく告げられた言葉に、はっとして立ち止まる。数日前榛名から提案されたそれを、朋はやんわりとだが断っていた。気まずい空気に視線を落としながら、前を行く成瀬を追うように再び足を進める。

「すみません」

「あ？　あー、別に悪かねえよ。あんなもん、好き嫌いは人それぞれだろうが」

何だ、と言いかけた成瀬が、だがすぐに朋が何に対して謝罪しているのか察したのか、気にするなというように、ぽんと軽く頭を叩いてきた。無意識だろうそれに、胸が塞ぐような気分が増しそっと眉を寄せて俯いた。

(何なんだろう)

苛立《いらだ》ちと、落胆。それが同時に襲ってくるような感覚は、今まで感じたことがなかったものだ。直と同じ扱いをされていることが、気に食わないのか。もしそうであれば、それこそ子供のような感情だと自分自身に溜息をつきたくなってくる。

「ああいうの、ちょっと苦手で」

躊躇いながら告げれば、前を向いたままの成瀬がこともなげに別に、と返す。

「苦手なもんに、無理矢理付き合う必要もねえだろ」

「……――はい」

何の含みもなく言われていると判る、さらりとした口調。それに安堵しながら、けれど顔に浮かぶのは、もやもやとした気分を表すような寂しげな微笑だった。

「え!?」

がくん、と突然左手が引かれ、身体が傾ぐ。夜道で見えづらかったのか、直が小さな段差に足を取られたらしい。背後に転びそうになったところをぐいと引き戻すが、代わりに自分のバランスが崩れ、横転しそうになってしまう。

（駄目だ……っ！）

横に転べば、そのまま直まで巻き込んでしまう。重心を変えようとするが、微妙に変えきれずぎゅっと目を閉じた。

「……――？」

だが、襲ってくるはずの衝撃はなく、背中に温かく軽い振動が伝わってくる。ぽす、と音がしそうなそれに恐る恐る目を開けば、まず最初に成瀬の顔が視界に入った。

「え？」

いつもの無愛想な表情のまま、大丈夫か？　と声をかけられる。

「あ、はい……あ！　すみません！」

茫然と答えた直後、自分が成瀬の腕に肩を抱かれ背中を支えられていたのだということに気づく。どうやら倒れかけた朋を、背後から支えてくれたらしい。背中に回された腕の温かさに驚き慌てて身体を戻した。

下を見れば直も転ばなかったらしく、成瀬の後ろに隠れるようにしている。こちらをじっと見つめている瞳に、安心させるようににこりと微笑んでやり、成瀬に頭を下げた。

「すみません、助かりました」

「ん。気をつけろ」

ぽんと頭の上に手を載せられ、はいと頷く。そして、直を抱き上げて事務所へ向かう成瀬の背中を見つめた。

成瀬に支えられた背に、温かな腕の感触が蘇《よみがえ》る。がっしりとしたそれは、朋の体重を支えても一切揺らぐことがなく、安心感があった。けれど同時に、そわそわとした気分が去らず溜息をついた。抱えていた陰鬱《いんうつ》な感情は、既にどこかへいっている。

「やっぱり、髭、剃ればいいのに」

間近で見た顔は、やはり整っていた。髭を剃れば随分と印象も弁護士らしくなるだろうにと、落ち着かない気持ちをごまかすように関係のないことをつらつらと思い出す。

そうして一度深呼吸すると、先を行く成瀬の背を追った。

◆◆◆

「え？　産休の方って、木佐先生の妹さんなんですか？」

かたかたとパソコンで書類の清書をしながら、驚いて声を上げる。目を見開いた朋に、斜め前の空いた事務用机の椅子に腰を下ろした木佐が頷いた。

「そうだよ。あれ？　言ってなかったかな？」

「先生、呆けるにはまだ早いですよー。明日の公判の弁護内容、忘れないようにして下さいね。エリート弁護士の名が泣きますよ」

木佐と朋の間から、すかさず榛名の容赦ない声が割り込んでくる。郵送物の準備をしている彼女は、机の上に積み上げた封筒に丁寧にかつ素早く宛名シールを貼り続けていた。

「亜紀ちゃん……それはちょっとひどくないかな」

お茶を飲みに来たという木佐は、朋が淹《い》れたコーヒーを美味しそうに飲みながら、榛名の言葉に眉を下げた。

「そうですか？　気のせいですよ」

手は止めないまましらっとそう告げた榛名が、にっこりと笑って、ね、と朋に同意を求めてくる。その様子に、どこかで見たことのある光景だと苦笑した。

「だって。一応お二人とも、大学在学中に司法試験に通った優秀な人材って触れ込みなんですから。評判は落とさないようにして頂かないと」

その言葉に、え、と朋は目を見開く。

「そうなんですか？」

木佐を見上げれば、飄々《ひょうひょう》とした笑顔でどうかなあとごまかされてしまう。

「それだけじゃないのよ。二人とも、親類縁者みんな法曹界《ほうそうかい》に携わっているっていう、折り紙付きのエリートなんだから。しかも、ご実家が法律事務所なところも一緒。信じられないでしょ？」

溜息をつきながらの榛名の言葉に、はは、と乾いた笑いを漏らす。ちらりと木佐を見れば、慣れた様子でコーヒーを飲んでいる。悠然とした態度に不快の色など微塵もなく、むしろ楽しげな様子さえ窺えた。

（否定しないってことは、本当なんだ）

凄いな、と感嘆する。以前弁護士を目指している人間に聞いたことがあるが、大学在学中に司法試験に通ることなど滅多にないらしい。今では制度も変わっているため、正確には旧司法試験となるが、それが事実であれば二人ともかなり優秀だったということだろう。

ふと気がつけば、会話は木佐の妹の話へと戻っていた。

「そういえば、予定日いつでしたっけ？」

「来月末。今は、実家で暇持て余してるよ」

木佐の言葉に、もうすぐですねと榛名が笑う。

「じゃあ今が四月だから……半年か、一年。年末か来年くらいには戻ってきますね」

「落ち着いたら、子供預けてすぐにでも出てきそうな勢いだけどね」

二人の言葉に、だが朋はぴたりと動きを止めた。

（そうか……）

産休ということは、しばらくすれば再びこの事務所に戻ってくるということだ。今更のように気づき、その時自分はどうなるのだろうとぼんやりと考えた。

（伊勢先生も、人手が足りないからって言ってたっけ）

今の会話からして、復職はするのだろう。以前榛名から、既に六年近くここで働いているということは聞いていた。その仕事ぶりは、朋が引き継いだ書類やファイル類から伺える。きっちりと整理されたそれは、とても見やすかった。

そんな人材が戻ってくれば、朋などすぐにお払い箱だろう。一抹の寂しさを感じながら、けれど表には出さないようにパソコンを凝視する。寂しいと思う時点で、自分が辞めたくないと思っているという事実には、気づかなかった。

「あれ？」

木佐の声に混じって物音が聞こえ、顔を上げる。首を巡らせれば、眠たげな瞳を擦りながら直がこちらへと歩いてきていた。カップを机に置いた木佐が抱き上げて連れてくると、その腕の中で身体を捩《よじ》った直が朋に向かって手を伸ばしてくる。

「何だ、直は朋君の方がいいのか？」

言いながら、朋の膝の上に直を降ろした木佐が、何かを思いついたように口端を上げた。その明らかに面白がっている表情に嫌な予感を覚え、直の頭を抱え込む。

「そういえば、こないだからたまに成瀬と飯食いに行ってるって？」

「え？　あ、ああ。はい」

何を言われるかと身構えていたが、別段困る話題でもない。そのことかと肩の力を抜いて頷いた。この間の夜から、成瀬が直を預かる日には食事を奢って貰っていた。自分で出すと言っても聞き入れられず、結局毎回奢られてしまっている。

「へー、そうなんだ。あ、でも朋君一人暮らしだよね？　成瀬先生がそんな珍しいことやってるなら、今の内にじゃんじゃん奢って貰っておくのがいいと思うよ」

「亜紀ちゃん、君ねえ。ちょっとは遠慮とかそういう……」

あっけらかんとした榛名の言葉に、木佐が幾分大げさにがっくりと肩を落とす。

「ここじゃ、遠慮した者が負けるって、そう言ったのは先生ですよね？　私、ここに来た時にそう言われたの覚えてますよ」

「君もなかなか、いらないことを覚えているね」

「ありがとうございます。それが取り柄《え》ですから」

二人の言い合いに、苦笑しながら言葉を挟む。

「あの。どちらかといえば、直にご飯を食べさせるために連れて行って貰ってるだけのような感じですけど」

だがこんな時ばかりは気が合うのか、二人は同時に言葉を切る。そして再び揃って、どことなく奇妙としか表現しようのない表情を浮かべた。何かを言いたそうな、けれど我慢しているようなその顔。

何か変なことを言っただろうか。そう問おうとした言葉は、成瀬の執務室の扉が開く音に遮られた。

「櫻井……おい、木佐。てめえ、人に公判の調査丸投げしやがったくせに、自分はさぼってるなんざどういう了見だ」

険悪な成瀬の声をものともせず、立ったまま机の上のコーヒーを手にとった木佐がにっこりと微笑んだ。

「休憩だよ、休憩。朋君が、折角美味しいコーヒーを淹れてくれたからね。それに、さぼるのはお前の十八番《おはこ》でしょうが。最近は、それでもちょーっとだけましになってきたみたいだけど？」

微笑みを、意味深な笑みに変えた木佐に、成瀬が苦虫を噛み潰したような顔をする。そして舌打ちでもしそうな勢いで、朋の方へと視線を向けた。

「買い物頼めるか」

「あ、はい。何を」

「煙草、いつものワンカートン」

判りました、と言いながら直を降ろし席を立つ。

「じゃあ、ついでに休憩用のおやつも買っておいで」

はい、と木佐に向かって頷き、側に立っている直の頭を撫でる。そして事務経費用の財布を掴んだ瞬間、くいとシャツの裾が何かに引っ張られ足を止めた。

「え？」

「あらら」

「へぇ……」

朋と榛名と木佐の声が、見事に重なる。

下を向けば、直が引き止めるように、朋のシャツの裾を掴んでいた。

「直、一緒に行きたいのか？」

木佐が直の隣にしゃがみ込みそう問えば、服を掴んだ手に微かに力が入る。どうしたものかと木佐と成瀬を順に見れば、「いいんじゃないか？」と思わぬ方向から声が上がった。

「成瀬先生」

驚きに目を瞠《みは》れば、しゃがみ込んだ木佐がよいしょと立ち上がり笑った。

「そうだね。直にしてはいい兆候だ。朋君、悪いけど頼めるかな」

僅かに返事を躊躇い、眉を寄せる。外に出れば、それなりに危険なこともある。一人で大丈夫だろうか。幾分途方に暮れた気分で下を見れば、こちらを見上げる直と視線が合った。

「……判りました。行こっか」

真っ直ぐにこちらを見上げている瞳に、期待の色はない。恐らく断れば大人しく部屋へと戻るのだろう。それが容易に想像出来、気がつけば頷いていた。

「うん、ゆっくりでいいから。気をつけてね」

優しい木佐の声に背を押されながら、小さな手を掌で包む。頼りない、けれど確かに存在する温かい気配。安堵に混じる感傷には目を伏せ、朋は直に向けて優しく微笑んだ。


「ん？」

背後から視線を感じたような気がして、足を止める。だが振り返った先には、店内を行き交う人々の姿が映るだけで、首を傾《かし》げてすぐに視線を戻した。

「用紙と、封筒と。煙草は買ったから、これでいいかな」

買った物を確認し、買い物袋を右手に提《さ》げ、もう片方で直の手を握る。事務所から徒歩十五分程度のところにある駅の地下ショッピングモールは様々な店が軒を連ねており、買い物がある時にはよく利用していた。

外に出てみれば、やはり人が怖かったのだろう。直は、ぴったりと朋に張り付き離れようとしなかった。買い物途中は見失う危険を避けるため、抱き上げて歩き回っていた。

「さ、あとはおやつ買って帰ろうな。今日は好きなもの選べるよ」

安心させるように手をしっかりと握ってやり、話しかけながら駅から地上へ続く階段を上《のぼ》る。ショッピングモールにもケーキ屋はあるが、事務所近くにある店にしようと決め足を向けた。直に選ばせるなら、慣れたものの方がいいだろうと思ったからだ。

「五人分と……来客用で六個って言ってたっけ」

お茶菓子まで出すとなると、相手は依頼人ではなく同業者の知り合いなのかもしれない。特に指定はされなかったことから、甘い物でも平気なのだろうと結論づける。念のため甘さ控えめなものにしておくかと考えながら、事務所への道を辿《たど》った。

てくてくと歩く直の歩幅に合わせ、ゆっくりと足を進める。正直、直とこうして歩いてみて初めて、自分の腰辺りまでしか身長がない子供とずっと手を繋いで歩くというのが、案外大変なものなのだと実感した。子供の身長に合わせるため、どうしても重心が手を繋いだ方に傾くのだ。

抱き上げるにしても、腕力と体力に限界があり長時間は厳しい。それを思えば、ひょいと身軽に直を抱き上げる成瀬や木佐は、やはり力があるのだなと妙なところで感心してしまった。

(俺も、あれくらいの体格だったらなぁ)

ないものねだりだとは判っている。基本的に顔から体つきから全て母親譲りの朋は、食べても上にも横にも伸びない上に、筋肉もつきにくい体質なのだ。羨《うらや》ましい、と思いながらむうと眉を寄せた。

「っ!」

不意に、背筋に悪寒が走りぴたりと足を止める。

(何……)

今、何かとても嫌な気配がした。振り返ろうとした瞬間、左肩にどんと軽い衝撃が走る。

「……っ」

「っと、悪い!」

反射的に足を踏ん張り、踏みとどまる。と、背後から来た人影が足も止めずに声だけを残して走り去っていった。危ないなと溜息をつき直を確かめれば、転んだ様子もなくほっと息をはく。

「大丈夫?」

そう問えば、頷く代わりに握った掌に力が入り、頬を緩めた。

「え、……――ッ!!」

だが次の瞬間、先程とは比べものにならない力で、車道の方へと背後から身体を突き飛ばされた。気が緩んでいたことも災《わざわ》いし、衝撃に反応が遅れる。再び踏ん張ろうとした脚には力が入りきらず、倒れると思うより先に直と繋いでいた手を離した。

ぐるりと視界が回る。ジェットコースターで回転した時のような、不安定な浮遊感。そして視界に空が映った瞬間、全身を激しい衝撃と擦過熱が襲った。

「きゃ……っ!!」

高い女性の声と、ざざざっという擦れるような音。そして、車のエンジン音。

道路に倒れたんだと、その時になってようやく頭が理解する。だが次の瞬間、激しく鳴らされたクラクションの音に、本能的に身体を丸め両腕で頭を庇《かば》った。

「ッ!!」

立ち上がる余裕もなく、一瞬で痛みを覚悟する。だが予想した痛みはなく、頭上を風が駆け抜けた感覚に、助かったことを知った。

ぎりぎり車が避けていったのだろう。安堵すると同時に、はっとして身体を起こす。慌てて周囲を見回せば、歩道に直の姿を見つけ息をついた。

直は未だ茫然とした表情で尻餅をついたまま固まっている。ぴくりとも動かず、視線は空中から離れない。混乱しているのだろう、大きな瞳が限界まで見開かれていた。

再び視界の端に車の影を認め、がくがくとする膝で這うようにして歩道に戻る。そのまま直の前に辿り着くと、尻餅をついた身体を脇に手を入れて立ち上がらせた。

「怪我は？」

言いながら身体に触れるが、どうやら無事らしい。よかったと胸を撫で下ろし、そしてはらりと何かが直の足下に落ちたことに気づいた。

「ん？」

何が、と拾えば、それはぐしゃぐしゃになった紙だった。畳まれたまま握られていたのだろう。開いた瞬間、だが朋はその場に凍《こお》り付くようにして動きを止めた。

『人殺し』

ひとごろし。その言葉に、ざわりと胸が騒ぐ。新聞の文字を切り取って貼ったらしいそれは、陳腐《ちんぷ》な分、的確に恐怖心を煽《あお》った。嫌な鼓動を打つ心臓を押さえるように、ぎゅっと紙を握り締める。

(誰が。どうして……)

悪意の塊《かたまり》のようなこの文字の意味に、根拠など何もない。朋は自身を落ち着かせようと、大きく息を吐いた。

「あの……大丈夫、ですか？」

恐る恐るかけられた声に、混乱を収めようとしていた朋はびくりと肩を震わせる。顔を強

張らせたまま振り返れば、心配そうな顔をした若い女性が、見覚えのある買い物袋を手に朋の側に立っていた。それが先程まで自分が持っていたものだと気づき、慌てて膝に力を入れて立ち上がる。未だ去らぬ恐怖に、微かに震える手で直の手を握りながら、ありがとうございますと袋を受け取った。

「すみません」

「いえ……あの、今の」

頭を下げた朋に、女性が物言いたげな視線を向けてくる。躊躇う素振りを見せ、けれど意を決したように続けた。

「あなたより、もう少し背の高い人だったわ。急だったし帽子を被っていたから、あとは判らないけど。転んだその子に、何か押しつけてから走っていったの」

言いながら、走り去っていったのであろう方向を指差す。身体が倒れる前に感じた背中への衝撃を思い出し、全身の皮膚が粟立《あわだ》った。

あまりに不自然な衝撃。そして、残された紙。今更ながらに突き飛ばされたのであろう事実がのしかかり、身体の震えが酷《ひど》くなった。

(でも、どうして。誰が)

見えない悪意に対する恐怖。それが一気に、記憶の奥底に沈めた過去を蘇らせようとする。服の下で腕が鼓動に合わせずきずきと痛みを訴え始め、ぎゅっと拳《こぶし》に力を込めた。

考えるな——思い出すな。

恐怖を抑え込むように言い聞かせ、殊更《ことさら》ゆっくりと息を吐く。

(大丈夫、大丈夫)

そう心の中で繰り返し、そして何度目かで声に出して「大丈夫です」と呟いた。

「大丈夫、ありがとうございました」

未だ心配そうな表情で立ち去りかねている女性に、再び頭を下げる。そして直の手を引くと、足早にそこを離れた。どくどくと跳ねる鼓動を持て余したまま、先程拾った紙をズボンのポケットの中にぐいと押し込む。

「……あ、ケーキ。忘れた」

しまった、と。気が抜けたような声で呟いたのは、事務所が見えた瞬間。思わず直と目を見合わせ、けれど再び引き返す気にもなれず、途方に暮れたように眉を寄せる。

「謝ろっか」

しょんぼりと肩を落とした朋は、まずは混乱する頭を落ち着けようと足を止め、大きく溜息をついた。

立ち上がった瞬間足首に走った痛みに目元を歪め、咄嗟に俯き顔を隠しながら、痛みをやり過ごす。どうやら、転倒した時に捻ったたらしい。夕方になり痛みは徐々に増してきており、湿布でも買って帰ろうと思いながら机の上に置いた鞄を手にとった。

「じゃあ榛名さん、お先に失礼します」

「はーい、お疲れ様」

帰る寸前に頼まれた仕事を片付けている榛名に声をかけ、続いて挨拶《あいさつ》のため成瀬の執務室に向かおうとする。だがそこで、タイミングよく扉が開いた。

「先生。お先に失礼します」

中から姿を現した成瀬に声をかける。不機嫌な様子でこちらを見ていた成瀬に、何かあったのかと思いながらもう一度会釈《えしゃく》をして踵を返した。

「おい、待て」

「え？」

事務所の入口に向かおうとすれば、背後から呼び止められ振り返る。すると、いつの間に近づいてきたのか、すぐ側で成瀬がこちらを見下ろしていた。剣呑《けんのん》な瞳に、息を呑む。

「何……」

「お前、足どうした」

どうして。驚きに目を見開いた朋に、厳しい表情のまま成瀬がすっと眼を細めた。

事務所に戻ってから、朋は突き飛ばされたことを誰にも言わなかった。たった一度のそれで、大事にはしたくなかったのだ。

残っていた仕事はデスクワークばかりで、成瀬の前で歩いたのは今が初めてだ。どうして気づかれたのだろう。顔には出さず動揺していれば、無造作に右腕を掴まれた。

「痛っ……」

おもむろに、右袖をまくり上げられる。思わず出してしまった声に、しまったと口を塞ぐが、既に遅かったらしい。緩めのシャツを着ていたこともあり、袖は簡単に二の腕辺りまで上がってしまった。腕が外気に晒《さら》され、ひやりとした感触が擦り傷に染みる。

腕の傷は、血が滲《にじ》んでこなかったためさほど深くはないだろうと予想していたとおり、確かに深くはなかった。けれど、二の腕から肘辺りまで広範囲にわたって広がっている。改めて自身の傷を見た朋は、だが成瀬の顔に視線を移した瞬間、思わず一歩後退ってしまう。

眉間の皺を更に深く刻んだ成瀬は、いつになく怖かった。無言で手首を掴まれたまま、ぐいと引っ張られる。

「せ、先生！」

思わず声を上げるが、それは一切無視された。ずんずんと、痛む足を引きずるようにして連行されていれば、驚いたように顔を上げている榛名と視線が合ってしまう。

「朋君？」

問うような声に、けれど立ち止まる隙も与えられず成瀬の執務室へと引きずり込まれる。

執務室のソファに放り投げるようにして座らせられると、鋭い声で「脱げ」と言い放たれた。

「え？」

一体、何事か。茫然としたままぽかんと見上げる。すると、成瀬が苛立ったように舌打ちし、一旦執務室を後にした。ぼんやりとそこに座っていれば、すぐに戻ってきた成瀬が後ろ手に扉を閉めた。

（ああ）

その姿を見て、ようやく意図を理解する。片手に救急箱を持ったまま再び朋の側まで歩いてくると、顎《あご》をしゃくるようにして促《うなが》された。

さすがに今度は反論せず、大人しくもそもそと上に羽織っていたシャツを脱いだ。半袖のTシャツ姿となりそのまま袖をめくろうとするが、肩の辺りまではさすがに上がらない。もう一度成瀬から「脱げ」と言われ、仕方なく片袖から腕を抜いた。

「あの」

しんと沈黙が落ちる中、眉を顰めたままそれでも丁寧な手つきで腕の傷を消毒していく成瀬に、間が持たず声をかける。だが綺麗に黙殺されてしまい、眉を寄せて口を噤んだ。

（怒られてるのかな）

朋が怪我をしたからといって、何故成瀬が怒るのか。不機嫌の原因が判らず黙ったまま手当を受けていれば、肩辺りの一番擦過のひどい部分にガーゼを当てられ包帯が手際よく巻かれていく。強く打ったそこは、数日すれば派手に変色してしまうだろう。

腕の手当が終わり服を着直したところで「足を出せ」と続けられる。片側のズボンの裾をめくり上げれば、片膝をついて朋の足首を掴んだ成瀬が、ゆっくりとそれを曲げていく。

「——ッ!!」

ある方向に曲げられた瞬間、足首から強烈な痛みが走った。思わず上げそうになった声を飲み込み、奥歯を噛み締める。下から、成瀬の呆れたような声が耳に届いた。

「捻挫《ねんざ》だろうな。後で、病院に連れて行く」

「え？　そんな、いいで……っ痛」

そんな大げさなと言えば、今度はわざとだろう、再び足首を曲げられ呻《うめ》いた。何をするのかと睨みつければ、意にも介していない様子で、成瀬が湿布を貼った足首をテーピングで固定していく。

足を降ろされ力を入れてみれば、先程より随分と痛みが楽になっている。ありがとうございますと頭を下げるが、続けて成瀬に投げかけられた言葉に眉を下げた。

「何があった」

「さっき、出かけた時に転んだだけです。あ、直は大丈夫です。怪我は確かめました」

知られたくない、と。咄嗟にそう答える。大事にしたくないのは、朋自身に隠しておきたいことがあるからだ。その思いが、何故か成瀬に対して特に強い気がした。

ズボンのポケットに押し込んだ紙切れが、奇妙な程重く感じる。考えるな。思考を無理矢理封じ込め、転んだだけだと自分自身に言い聞かせた。

「何もなかった奴が、変な顔してケーキ買い忘れてきたとか言うか」

朋から目を逸らさず目を眇めた成瀬に、それひどくないですかと唇を尖らせてみせる。

「変な顔って」

「隠す必要があるのか？」

正面から切り込まれ、ぐっと言葉を詰まらせる。

言ってしまいたい。けれど、知られたくない。そんな相反する感情がせめぎ合う。自身に向けられる悪意や狙われているという危機感より、過去を暴かれることの方が恐ろしかった。

（嫌だ——だって）

幾ら年月が経とうと、見ないふりをしているだけで事実は消えない。だがそれを認めてしまえば、再び過去が現実として襲ってくる。

「何も、かくして、なんて」

喘《あえ》ぐように呟いた朋の声に、部屋に鋭い舌打ちの音が響く。

「じゃあ、どうしてそんな怪我してる！」

突然の怒声に、びくりと全身が震える。苛立ち混じりのそれに、思考よりもまず身体が反応した。

ぴんと張り詰めた緊張感が、部屋を支配する。

のろのろと視線をやれば、いつになく鋭い目つきの成瀬と目が合う。だがその顔を視界に映した瞬間、成瀬の表情はまるで氷が溶けるように解かれた。

「お前……」

どこか困惑したような、何かを躊躇うような表情。既に先程まで孕《はら》んでいた怒気は跡形もなく消えており、そのことに全身から力が抜けるような心地がする。

しばらくの間、逡巡するように視線を彷徨《さまよ》わせていた成瀬は、だがやがてもういいと溜息をついた。諦めたような表情にこれ以上追求されないことを知り、ほっと息をついた。

「今日は、病院に行って帰れ」

ぽん、と。そうして頭の上に置かれた掌は、いつものように温かくて。

自分が、まるで凍り付いたように真っ白な顔色で、泣き出す寸前の表情を浮かべていたなど。そんな自覚もないまま、朋はその顔にぺたりと笑みを貼り付けた。

◆　◆　◆

思い出す『彼女』の姿はいつも、背中かブラウン管の向こうにある笑顔だけだった。もしくは、全身で感じたぞっとする程冷たい身体の感触。

ぎゅっと、まるで溺《おぼ》れる人が藁《わら》に縋り付くような、強く切羽詰まった腕の力。身体に回されたそれが、徐々に徐々に冷たくなっていくのがとても怖くて……とても、哀しかった。

『——あ、さん』

呟き続けた、声にならない声。握り締めた服から、その温かさと一緒に流れ出るような——

——奇妙に温かい、水。

『大丈夫よ……大丈夫』

耳元で幾度も繰り返された、掠《かす》れた言葉。壊れたレコードのように何回も何回も繰り返されるそれが、少しずつ途切れ……やがて、消えていく。

お願いだから、連れて行かないで。

しがみついた身体から、そして自身の身体に回された腕から力が抜けていくたびに、零れ出る何かを押さえるように強くしがみつき続けた。

『——さ、ん。おかあさ、ん』

誰か、誰か。

誰でもいいから……――。

「た、すけ……っ!!」

呻くような自身の声で、急速に意識が浮上する。

反射的に身体を起こすと、全身からどっと嫌な汗が吹き出す。目が覚める寸前、何かを口走っていた。それだけをかろうじて認識しながら、どくどくと早鐘を打つ鼓動に息苦しさを感じた。喘ぐように、パジャマの胸元を握り締める。

深呼吸を繰り返し、意識的に身体から力を抜いていく。そうしてどうにか落ち着きを取り戻してきた頃、視界に入った見慣れた光景に肩の力を抜いた。

ワンルームの狭い部屋の、薄汚れた壁の色。既に築数十年立っている古いアパートは、今現在朋が一人で住んでいる場所だ。部屋の中は、寝起き出来れば十分といった風情でがらんとしている。ワンルームでもさほど狭さを感じないのは、絶対的に物が少ないせいだろう。

布団から身体を起こしたまま、窓の方へ視線を向ける。カーテンの隙間から見える外は未だ暗く、夜の色に包まれていた。微かに響いてくる音に、耳を傾ける。どうやら外では雨が降っているらしい。

「雨、か」

溜息をつき、もう一度布団へ身体を横たえる。そして、身を守るように身体を丸めた。

大丈夫——大丈夫。

幼い頃から、何かあった時に繰り返していた言葉を、胸の中で繰り返す。恐怖や、哀しみや、怒り。全《すべ》ての負の感情を押し込めるようなそれは、一歩間違えれば呪いのようで、おかしくもないのに笑いがこみ上げてきた。

「ああ、そうか。久しぶりに見たんだ」

先程まで見ていた夢。起きた時は何を見たか覚えておらず、切羽詰まった恐怖感だけが残っていたが、ふと脳裏に蘇った。

自分の母親を、最後に見た日の光景。血に染まった身体と、その感触。

最近は、見ていなかったのに。記憶とともに、掌に残った感触まで蘇り眉を顰めた。こびりついたものを落とすように、身体にかけた布団で両手を強く拭《ぬぐ》う。

『やめて！　この子は……っ』

『嫌よ！　それがいるから、あの子は!!』

二人の女の、言い争う悲痛な叫び声。朋を護《まも》ろうとした人と、排除しようとした人は、同じだけの強さで相反する感情をぶつけ合っていた。耳元に残る声は、何年経とうとも一向に消えてはくれない。思い出さずにすんでいる時間が、長くなっていただけのことだ。

哀しみと憎しみ、そして怒りは容易に人を襲う刃となりうる。ほんの些細《ささい》なことで衝動的に人間を突き動かすそれは、最も厄介で恐ろしい感情だ。誰よりもそれを実感している朋は、だからこそ人と対峙《たいじ》することが苦手だった。

自身の存在が……産まれてきたこと自体が、憎しみの原因となっている。それは同時に、存在を否定されているということだ。そして、相手が朋自身にその憎しみを癒すことを求めるのなら。朋には、自らの存在を消す、というたった一つの道しか残されていない。

(でも、それでも)

それを理不尽だと感じる反面、それならそれで良いのかもしれないと思う自分も、また確かにいる。心を作る部品があるとするならば、恐らく何かが足りていないのだ。まるで魂を入れ損なった人形のように、ぽっかりと空いた穴が塞がらない。空虚な部分が、いつもどこかにある。

生きなければならない、と。そう思う反面、どうして生きているのだろうと自問してしまう。そして、こう思うことをやめられないのだ。

もし、自分が……——。

「……——つくだらない」

呟きは、自分自身に対してか、記憶の中の誰かに対してか。吐き捨てるようなそれに顔を歪《ゆが》めながら、布団の中に顔を埋め強く目を閉じる。

しばらくして、まどろみ始めた意識の端で、耳が微かに届いてくる単調な音を拾った。たん、たん、と。窓の外で鳴り響いているのであろう、規則正しいリズム。雨音が奏《かな》でるそれに、懐かしさと厭《いと》わしさとが複雑に混じり合う感覚を覚えながら、朋はゆっくりと意識を闇の中へと落としていった。

夜中から降り始めたらしき雨は、朝になっても一向に止む気配を見せず降り続いている。起きた時には本降りとなっており、予報でも一日雨だと言っていた。

「はぁ」

机の前で事務所の窓から外を見つめていた朋は、薄暗い空に溜息をつく。そして、小降りのうちにと外回りに出かけた榛名に、申し訳ないことをしたと肩を落とした。

何気なく右腕を動かした拍子に、肩に鈍い痛みが走る。本来ならば、今日は朋が外回りの当番のはずだった。だが昨日の怪我が、あの後榛名の知るところとなり、今日一日安静を言い渡されてしまったのだ。

「……、——ッ!!」

事務所の入口近くの相談室から漏れてきた不穏な気配に、顔を上げる。視線を向ければ、続けて微かな物音が耳に届いた。

こみ入った話をするために使う相談室は、個室となっている。そのため、ある程度の防音が施されており、少しくらい大きな声を出しても聞こえてくることはほとんどない。だが完全にというわけにはいかず、あまりに激しい物音になればどうしても音は漏れてしまう。今あそこに籠《こ》もっているのは、成瀬の依頼人だった。人を見た目で判断してはと言うが、いかにも金をかけた様子の婦人とその夫の二人連れで、内容は離婚問題だという。依頼人は妻の方で、今日で二度目の来訪だった。一度間に他人を挟んで、互いに話し合いたいという希望だったらしい。

「大丈夫かな」

小さな声は、窓の外で響く雨の音にかき消された。

弁護士事務所に持ち込まれる話は、毎回ではないが揉めることが多い。揉めるからこそ弁護士を頼るのだろうから、当然と言えば当然だ。

それでも、当事者同士ではなく互いに弁護士を挟んで話すのであれば、言葉の駆け引きだけですむため比較的穏便に事は運ぶ。けれど双方とも当事者である場合、感情的になればなる程、ある意味手がつけられなくなってしまう。そして時には、間に立った弁護士が理不尽な怒りをぶつけられるなどの被害を被《こうむ》ることすらあるのだ。

様子を窺いに行っても、邪魔になってしまうだけだろう。こういう場合は、お茶を替える必要もなく、むしろ近づくなと二人には念を押されている。

『ま、事務員さんは女の子ばっかりだしね。朋君も、余計な被害に巻き込まれないように近づかないこと』

飄々とした木佐の言葉は、慣れない人間が近づくことで更に被害を広げないためという意図もあったのだろう。

未だ収まる様子を見せない険悪な雰囲気に、落ち着かない気分を持て余す。

「……っ」

突如静かな事務所に、電話の音が鳴り響く。気が逸れていたため、びくりと肩が跳ね上がってしまう。誰も見ていないと判っていても、驚いた自分が恥ずかしくびっくりしたと呟きながら受話器を取った。

「はい、木佐法律事務所でございます」

『あ、朋君？　木佐ですけど。亜紀ちゃんいるかな？』

受話器越しに聞こえてきたのは、耳に馴染んだ木佐の声で、ほっと息をつく。

「いえ、今外回りに。ええ、ちょっと待って下さい」

電話の向こうから榛名の机の上に書類がないかと問われ、立ち上がる。正面にある榛名の机を覗き込めば、言われた書類はすぐにみつかった。もう一度書類の名前を確かめながら、ありましたと返す。

『そう？　じゃあ悪いけど、後で樋口《ひぐち》先生が来ると思うから、それ渡しといてって伝えて貰えるかな。亜紀ちゃんが戻ってなかったら、そのままでいいから渡しておいて』

木佐の言葉に了承を告げ、受話器を戻す。座ろうとした瞬間、けれど視界の端で何かが動き顔を上げた。パーティーションの向こうに見えた姿に、え、と声を上げる。

「な、直!?」

いつの間に、部屋から出てきていたのか。直が、何かに引き寄せられるような足取りで相談室の方へと歩いていた。扉の前まで辿り着くと、懸命に手を伸ばし、僅かに届いたドアノブを下に引く。せめて回すタイプならよかったのだろう。けれど、下に引けば開くタイプのそれは、カチャッと微かな音を立てて扉と壁との間に隙間を作った。

「お前のガキだろうが！　お前が引き取るのが、筋ってもんだろ！」

扉を開いたことで出来た隙間から、男の怒声が響いてくる。その激しさに、驚きではなく恐怖で身が竦んだ。一瞬止まった足は、けれどするりと部屋へ滑《すべ》り込んでいった直の姿に、再び動き始めた。

「どうしてよ！　厄介なことは全部私に押しつけて、自分はあの娘とよろしくやろうっていうの!?」

甲高《かんだか》い女性の声に、既に相談というよりは夫婦喧嘩の様相を呈《てい》していることを知る。息を呑み部屋の扉を僅かに開けば、驚いた成瀬が直を見て腰を上げた姿が視界に入った。

相談室はさほど広くもなく、壁に沿うようにしてテーブルが置かれている。いつもテーブルの片隅に置いていているはずのポケットサイズの六法全書は、はたき落とされるようにして床に転がっていた。

テーブルの奥と手前に、依頼人の妻と夫。そしてその間を取りなすように、成瀬が座っていたらしい。夫婦は既に興奮状態で、椅子をはね飛ばすようにして立ち上がっていた。

幸いにも二人とも互いへの罵《のの》り合いで、乱入してきた直には気づいていないようだった。直の立っている位置が、入口に背を向けた夫の背後辺りであったため、死角となっているせいもあるのだろう。ぴりぴりとした険悪な空気に胃が竦むような感覚を味わいながら、腰を屈《かが》めて静かに直の側に向かう。早く立ち去ってしまいたいと逸《はや》る気持ちを抑え、二人の話を遮らないようそっと声をかけた。

「直」

けれど、じっと夫婦を見上げている直は微動だにしない。凍り付いたような表情で、瞬きもせず凝視しているその様子に、違和感を感じる。行こう、と若干強めに手を引くが、頑《がん》として動こうとはしなかった。

(もしかして)

そんな直の様子に、ふとある可能性に気づいた時、頭上で男の声が響いた。

「大体、俺は産めなんざ一言も言ってねえ！　てめえが勝手に産んで結婚しろだ何だと言ってきたんだろうが！」

「……——っ」

その言葉に、ぎくりと背筋が凍る。一瞬で朋の脳裏に今朝見たばかりの夢が蘇り、直の手を引くことすら頭から消え去った。

『あんたがいるからいけないのよ……っ』

『お前さえ、産まれてこなきゃ』

恨みがましい、憎しみの籠もった幾つかの声。叫ぶでもなく、叩きつけるでもなく。だが血反吐《ちへど》を吐くように絞り出されたそれは、幾度も朋にぶつけられた。

(だったら、どうして。母さんは……俺を)

途端《とたん》に息苦しさが増し、呼吸が不自然に途切れる。同時に、かたかたと自身の歯が鳴る耳障りな音が頭の中に響いた。

「ふざけないで！　責任とるって言ったのはあんたでしょ！　男なら最後まで責任とりなさいよね！」

苦しい。そう思いながら首筋を掌で包んだのは、最早《もはや》無意識だった。既にそこにはないはずの指の跡が、ゆっくりと朋の首を絞めていくような感覚。次第に息苦しさが増し、頭の芯がくらくらとするような目眩《めまい》に襲われた。

(嫌だ)

ここは、嫌だ。そう思い、反射的に立ち上がる。だがその瞬間、既に忘れ去っていた直の姿が視界に映った。

頭上で交わされる怒声が、まるで自分に向けられているものであるかのように聞き入っているその姿。そして一切の感情を失ったような、その表情。

「な、お……？」

それに重なるのは、幼い頃の自分自身。

思わず零れ落ちる声とともに、直の頭を抱き寄せる。何の反応も示さない身体に、逆にしがみつくようにぎゅっと腕に力を込めた。まるで、自分自身を護ろうとするかのように。

「そもそも、あいつだって俺の子かどうかなんざ判ったもんじゃねえ。お前が上品そうな顔してあちこちの男に手ぇつけまくってたのを、知らねえと思ってんのか、このあばずれ！」

「な、んですって……っ!!」

怒りが頂点に達したらしい女性が、テーブルの上に置かれた湯呑みに手をかける。

やめろ、やめろ、やめろ。ぎゅっと目を閉じて繰り返す。

(やめろ、やめてくれ)

これ以上嫌な言葉を聞かせるな。直に……――そして、自分に。

「この、最低男！」

「やめろ――……っ!!」

直の髪に顔を埋めながら、堪えきれず叫ぶ。それに紛れ、カチャンと陶器が割れる軽い音が響く。不意に頬に冷たい雫《しずく》があたり、はっと我に返った。

「……え？」

「あ」

茫然とした朋の声と、どこか気まずげな女性の声が重なる。今まで緊張感の漂っていた部屋に、しんと沈黙が落ちた。

直を抱きかかえるようにしてしゃがみ込んでいる朋と、振り返り驚いた顔でこちらを見ている依頼人の夫。その間に、朋達を庇うように差し出された腕。

ゆっくりと目の前の腕を視線で辿れば、いつの間にか朋達の前に立っていた成瀬の姿が視界に映った。二の腕辺りが濡れており、雫が腕を辿り指先から滑り落ちていく。そして足下には、割れた湯呑み。

それが、たった今依頼人である妻が投げたもので、夫が避けたため朋達に当たろうとしていたのだと気づいたのは、数瞬後だった。

「お二人とも、落ち着いて下さい」

しんと静まり返った部屋の中で、淡々とした成瀬の声がいやに大きく響く。決して厳しくはないが有無《うむ》を言わさぬそれに、依頼人夫婦は気圧《けお》されたように顔を見合わせた。

「ここは、話し合いの場です。続きは、落ち着かれてからにしましょう。……一旦お座り下さい」

朋達に背を向けたままそう告げた成瀬の声は、普段と変わらない。けれど幾分冷たい気はした。反論せずに椅子に腰を下ろした依頼人達を見届けると、成瀬が顔だけで振り向いた。

（あ……）

厳しい眼差《まなざ》しは、決して朋達を責めてはいない。だが、甘えを許すものでもなかった。表情を取り繕う余裕もなく、今頃になってがくがくと震え始めた手に力を込めれば、すっと成瀬の目が細められた。

「二人とも、来客中だ。出て行きなさい」

「あ……す、すみま、せん。失礼しました」

声を出すと同時に、金縛りから解けたように強張った足が動き出す。どうにか言葉を押し出しながら、立ち上がり入口へと向かう。けれど、手を引いた直の身体はその場に縫い止められてしまったかのように動かず、無理矢理抱き上げ部屋を後にした。

ぎゅっと。朋の身体に縋り付いてくる直の背中を、ぽんぽんと叩いてやる。そして安心させるように……けれど、どこか上の空のまま呟いた。

「大丈夫だよ……大丈夫」

直だけでなく、自身にも言い聞かせるように繰り返しながら、奥の仮眠室へと向かう。しんと静まり返った部屋で、抱き上げていた直をベッドに座らせると、目線を合わせて軽く頭を撫でた。

「ここで、待っててな」

飲むものを持ってくるから。そう言い残し部屋を出ると、後ろ手に扉を閉める。

「……——っ」

その瞬間、張り詰めていたものがぷつりと切れたような感覚とともに、ずるずると床へ座り込む。身を守るように膝を抱えて座ると、その間に顔を埋めた。

迫り上がってくる恐怖を抑えるように、奥歯を噛み締める。首筋に感じる、ちりちりとした痛み。気のせいだと判っていても、先程から続く息苦しさは一向に去らなかった。

怒鳴り合う依頼人達の顔に、数年前に見た、二人の男女の顔が重なる。

母親を刺した女と……もう一人。大切な姉を刺され、行き場のない憎悪と哀しみに彩《いろど》られた叔父の顔。脳裏に焼き付いたそれは、ここしばらく思い出していなかったというのに、滑稽《こっけい》なほど鮮明だった。

『どうして、姉さんは……！』

叔父の、必死の形相。そして、力を込めて朋の首にかけられた指。ぎりぎりと締め上げられたそれは、だがあと少しというところで唐突に緩められた。朦朧《もうろう》とした意識の中で見た、ひしゃげた粘土のように歪んだ叔父の表情。それが朋に対するぎりぎりの愛情だったのか、叔父の理性による罪悪感だったのか。それは結局、判らないままだ。

ただ、自分を必要としてくれる人は、この世に本当に一人……自分を産んだ母親だけだったのだと。その時目の当たりにした事実を、今まさに抉《えぐ》り出し再び突きつけられたような心地がした。

「……大丈夫、大丈夫」

静寂を取り戻した事務所に、風に紛れる程の小さな呟きが落ちる。それは、やがて榛名が戻り部屋が音を取り戻すまで、消えることはなかった。

◆　◆　◆

沈黙が落ちる室内で、朋はあまりの居心地の悪さに小さく身動《みじろ》いだ。

あれから榛名が戻ってきたことでどうにか自分を取り戻した朋は、終業までの数時間を乗り切ると、時計の針が定時を指すと同時に事務所を後にした。今日ばかりは改めて直の顔を見ることが出来ず、悪いとは思いつつも、慌ただしく挨拶だけして帰ろうとした。

けれど、事務所を出てすぐのところにあるエレベーターを待っている間に、背後から淡々とした成瀬の声に呼び止められたのだ。

『送っていくから、付き合え』

腕には、すやすやと眠っている直が抱き上げられている。狼狽《うろた》えつつ、都合が悪いと断ろうとした。あまり人と話したい状態ではなく、そっとしておいて欲しかったのだ。

けれど成瀬は朋を見据えると、僅かに痛みを感じる程の力で腕を掴んできた。その顔を見た瞬間、何故か拒絶の言葉は喉の奥に消えてしまった。

声はいつも通りだったのだ。だがその瞳には、いつになく真剣な色が湛《たた》えられていた。有無を言わさぬ気配は焦りすら感じさせるようで。気圧されながら、成瀬によって車の中に押し込まれてしまったのだ。

そして向かった先は、何故か朋のアパートではなく成瀬のマンションだった。

(何で、こんなところに……)

茫然としている間に座らされたリビングのソファで、ぼんやりとそんなことを考える。

事務所に入ってから夕飯を奢って貰ったことはあったが、家を訪れるのはこれが初めてだ。朋には他人の家を訪ねるという経験自体がほとんどなく、成瀬の様子も相俟《あいま》って、いつにない緊張感で身体に力が入った。

都心部の、駅からは少し離れた住宅街に建つ分譲マンション。セキュリティに重点を置いているのであろうそこは、朋が住むワンルームの小さなアパートとは雲泥《うんでい》の差であった。

一部屋の空間が広くとられた、3LDK。ファミリータイプなのかもしれない。広くはあるがその割に物は少なく、どちらかといえばがらんとしているという印象だった。必要最低限のものがあればいい。そんな雰囲気に、それ以上に物のない自分の部屋のことは棚に上げ、広いのに勿体ないと心の中で呟いた。

(結婚はしてないって言ってたから……一人なんだろうけど。凄いな)

エレベーターに認証が必要なところなど、初めて見た。けれどふと思い出した記憶に、違うか、と自嘲する。昔一度だけ見たことがあったが、思い出しても不快なそれは、早々に頭から追い出した。

両手で包んだマグカップには、甘いカフェオレが入っており、じんわりと掌に熱が伝わってくる。心地好さに目を細め、一口飲む。そして、ようやく正面に向かって視線を上げた。

「あの。今日は、仕事中に申し訳ありませんでした」

どうにも静けさが落ち着かず、正面のソファに座る成瀬に向かって謝罪する。冷静になって考えれば、朋が行かずとも成瀬が、ああなる前に二人を止め直を外に出しただろう。それを思うと、逆に余計なことをしてしまったような気がしてならなかった。

「あんなのはいつものことだ。気にするな。お前だって、直が入ってこなきゃ近づきもしなかっただろうが」

「それは」

そうですけど、という言葉は口内に消えた。

それでも成瀬が朋達を庇ったのは明らかで。あれが熱かったり当たり所が悪かったりすれば、怪我をしていたかもしれないのだ。ぎゅっと唇を引き結んだ朋は、でも、と続けた。

「そもそも、直があそこに入るのを止められなかったのは、俺の責任です。きちんと見ていられなくて、すみませんでした」

「それはいい。それより、お前は？」

「は？」

言われた意味が掴めず、持っていたマグカップをソファテーブルに置きながら首を傾ける。僅かに焦れた様子で成瀬が大丈夫なのか、と言い添えた。

「何が、ですか？」

そこまで告げられ、自分の状態のことを聞かれているのだとようやく悟る。けれど、元より誰かに相談するという選択肢は頭になく、何のことだか判らないと言ってみせるしかなかった。幸い相談室を出た時の恐慌は、既に過ぎ去っている。無理矢理頬に微笑を刻み、表情を取り繕う。だが成瀬は、何故か「つたく」と仕方なさそうに溜息をついた。

「んな、心細そうなツラしといて、何がもねえだろうが……っとに、先生の言った通りだな」

「え？」

小さなそれを聞き取れず、思わず聞き直す。だが、何でもねぇよと片手を振られた。そして、何かを窺うように朋の方をじっと見つめてくる。

(何だろう)

真っ直ぐにみつめられると、朋の方が落ち着かなくなってしまう。内面まで見透かされてしまいそうな瞳に、居たたまれなくなりうろうろと彷徨わせた視線を膝に落とした。

「……まあ、いい。とりあえず、何かあったら一人で抱え込む前に話せ。俺や木佐に話せないっつーなら、伊勢先生でもいい。誰でもいいから、とにかく一人で考えるな。いいな？」

幾度か躊躇う気配を見せた後、結局、長い溜息とともにそう告げられる。まるで子供に念を押すようなそれに、やや圧倒されながら身を引く。すると、その分身を乗り出すようにして、頷くまで言いそうな雰囲気でもう一度判ったか、と念を押された。

こくりと頷けば、それで妥協したという風に、乗り出した身体を再びソファの背凭れに預ける。

「成瀬先生」

大体が、んなこと言う柄《がら》じゃねえんだ。ぶつぶつという呟きと、どこか居心地の悪そうな表情。ふっと頬が緩み、肩に入っていた力が抜けた。

「ありがとうございます」

その声は、自分でも嬉しげな響きを帯びていると判った。心配してくれているのだろうと思えば、心の奥が温かくなる。何も言わずとも……事情を知らずとも、自分を気遣ってくれる人がいるのだと。そのことに対する、単純な驚きもあった。

それ程に、母親以外の身内からすら必要とされていなかったのだと。

その事実が、胸に痛かった。

「……ありがとうございます」

視線を落とし、もう一度呟かれたそれは力ないものとなってしまった。全て、仕方のないことだったのだ。そう言い聞かせてはいても、やりきれない。

投げやりになるものじゃないと、伊勢はたびたび諭《さと》してくれた。自分の人生は、他人のためにあるものではなく、だからこそ自分で護るべきなのだと。

もちろんあの人がいなければ、今の朋はいなかっただろう。けれどあくまでも伊勢は朋の境遇に哀れみを覚え、手を差し伸べてくれた人であって、朋の存在自体を必要としてくれているわけではない——側に、いてくれる人ではないのだ。

「直、も」

何か話題を変えようと試みるが、思わず直の名を口走ってしまう。今直のことで聞きたいことは一つしかなく、それは子供とはいえ他人の事情だった。軽々しく聞いていいものでもないだろう。そう思い口を閉ざすが、視線を上げた先にいる成瀬に止める気配もなく、恐る恐る先を続けた。

「やっぱり、親と何かあったんでしょうか」

「どうしてそう思う」

もちろん、木佐と成瀬が預かっている経緯は聞いた。その様子から、親と不仲な様子は決して窺えなかったのだ。むしろ直を置いて行くことに、相当の難色を示していたらしい。

だが、あの時食い入るように依頼人夫婦を見ていた直の瞳には、今まで見せなかった感情が宿っていた気がしたのだ。

（多分、あれは恐怖）

　怖いものを見るまいと目を逸らしたり瞳を閉じたりしてしまうのではなく、そこから目を逸らすことが出来なくなってしまう類の。

「先生は、小さい頃怖いテレビとかホラー映画とか、観ませんでしたか？」

「まあ、やってりゃ観る程度だが」

　頷いた成瀬に、ないだろうなと思いつつも「夜、眠れなくなったりしませんでしたか？」と続ける。

「俺は別に平気だったが。弟は、毎回観たがる割に夜怖がってたな」

「先生、弟さんがいらっしゃるんですか？」

　木佐だけでなく、成瀬にも兄弟がいたのか。思わず問えば、成瀬があああと頷く。そういえば、実家も法律事務所だと言っていた。ふと思い出し、何気なく疑問を口に出した。

「ご実家、法律事務所なんですよね。弟さんも、弁護士をされてるんですか？」

「っ!?」

　その言葉に、成瀬が何故か驚愕というに相応《ふさわ》しい表情を浮かべる。

「……？」

「誰に聞いた」

　突如成瀬が、怖いくらいの勢いでテーブルに手を突き身を乗り出してくる。状況についていけないまま、素直に答えを返す。

「榛名さん……に？」

もしかすると、自分が聞いてはいけないことだったのだろうか。木佐も隠している様子はなかったため、つい口に出してしまったが。そう思いながら、慌ててすみませんと謝る。だが成瀬は、予想に反してぽかんとした顔で朋を凝視していた。

「ああ……あいつか。っくそ、紛らわしい」

口の中で小さく呟かれたらしきそれは、朋の耳まで届くことはない。一気に脱力したように元の雰囲気に戻った成瀬に、何が起こったのか判らない朋は首を傾けるだけだった。

そんな様子に気づいたのか、成瀬が些《いささ》かバツの悪そうな表情になる。

「何でもない。それで？」

「あ、はい……いえ。平気なら、判らないかな。あれって、怖がりな人間が観ると、観られなくなって途中で観るのをやめたり、チャンネルを変えたりするでしょう？」

成瀬が頷くのを見て、朋は昔の会話を思い出しほんの少し楽しげに目を細めた。

「前に、伊勢先生の事務所でそんな話をしていたことがあって。怖いものに対する対応って、人によって結構違うものなんですよね。ちなみに伊勢先生も、あの顔で怖いものは大の苦手なんですよ。本人は絶対認めませんけど」

ふふっと笑い、昔の情景を辿るように視線を宙に彷徨わせる。

「俺は、怖いと思った瞬間に観るのをやめるんです。でも後で……それこそ、忘れた頃に反芻《はんすう》してしまうんですよね。観なかった部分は、わざわざ想像で補ってまで。それで、もう一つ多かったのが、絶対に最後まで目を離せないタイプだったんです。結末まで観てしまわないと、余計に怖いらしくて」

観ても観なくても怖いのなら観なければいいいんじゃないか、と言ったそれは、だが即座に否定された。

「あれは、もう条件反射で目が離せなくなってしまうらしいです」

そうして、話を本題に戻すようにだからです、と続けた。

「直のあの時の表情は、見たくないのに目が離せない。そんな感じがしました。滅多に感情を出さない……いえ、出せないあの子が、一番怖がってた」

そこまで言ってしまうと、成瀬のはりつめた気配がふっと緩むのを感じた。そちらに目を向ければ、いつになく優しげな成瀬の表情に、どきりと胸が高鳴った。

劇的な、という程大げさなものではない。普段の無愛想さからすれば、多少その雰囲気が柔らかくなっている程度だ。けれど滲み出るように浮かんだそれから、朋は思わず目が離せなくなってしまった。

嬉しげ、と言えばいいのか。何故かそんな気がして、落ち着かなくなる。

「まあ、おおよそ正解だな。つっても、現在進行形でどうこうってわけじゃなく、少し前の話だが。直の親が木佐の従姉だってのは、話したな」

「はい」

「あの人は、まあ、俺達の高校の先輩でもあるんだが……」

「俺達って……木佐先生と成瀬先生、同級生だったんですか？」

思いがけない言葉に、話の腰を折ってしまう。すると成瀬が、不本意ながらなと眉間に皺を寄せた。

「まあ、いわゆる腐れ縁だ。いらん昔の話を、色々掴んでやがるからな。事務所に引き込まれたのもそのせいだ」

心底うんざりとした表情は、けれど決して嫌悪のそれではない。どことなく微笑ましい感じがして、くすりと笑った。

(仲が良いんだろうな)

胸に落ちた一抹《いちまつ》の寂しさを、だがすぐに打ち消した。長年の友人なのだ、そんなことは当然で、自分が寂しいと思う筋合いのものでもない。

「元々直は、うちに来た依頼人の子供でな。早い話が今日みたいなのが……まあ、実際はもっとひどかったが、直の前で始まっちまったんだ。どちらも親権を持ちたがらなかった分、直にとっちゃ悲惨でな。結局一旦は、施設に預けたんだが」

ただまあ、と成瀬が続けた。

「その日、丁度事務所に来てた木佐の従姉が様子を見ていてな。さすがに本人達の前に怒鳴り込むことはしなかったが、これも何かの縁だろうってって、一旦施設に預けた直を、身辺が落ち着いた頃に養子として引きとったんだ」

「そうだったんですか」

「さすがに、最初は木佐もいい顔はしなかったが。向こうの旦那も子供が好きな人でな。事情があって子供がいなかったから、これも何かの縁だろうって喜んで引き取ってたよ。だから、今は普通に暮らしてる」

そうなのか。思ったよりいい話で、ほっと安堵の息をつく。たとえ辛い目にあったのだとしても、今の環境が直にとっていいものであるのなら、心配はない。

「いい方達なんですね」

「ああ。直も、今はまだああだが、それでもだいぶましにはなってる。お前に会ってすぐ懐いたのには、さすがに驚いたが」

その言葉に、思わず苦笑する。

何のことはない、それは単純に直にとって自分が同類だっただけのことだ。傷ついた人間は、同じような傷を持つ人間を、敏感に悟る。子供ならば、そして自分を傷つける者に対して敏感になっているならば、尚更だろう。

だからこそ、朋にも何となくではあるが、直の気持ちが判ったのだ。

「直は、強いですね」

多分、自分などよりずっと。

感慨深げな言葉の裏に混じる微かな羨望《せんぼう》は、直の強さに対してか、それとも手を差し伸べてくれる人々を持つことに対してか。素直に称賛することが出来ない自分を自嘲《じちょう》しながら、同時に誰かを羨むことすら忘れてしまっていたのだと、不意に自覚してしまう。

自分が、一番不幸だと思っているわけではない。そんなものに意味はないし、痛みは人それぞれだ。けれど、自分にも。この手を伸ばした先に、誰かがいるのだろうかと。もう随分と昔に捨て去った望みを思い出せば、しくしくと膿《う》んだ傷が開くようだった。

唐突に、自分が直を思う気持ちや行為が、決して綺麗なものだけではないのだと、告げてしまいたい衝動にかられた。軽蔑されるだろうかと思いつつ、自虐的なそれを止められない。

「俺は、ずるいんですよ。今日も、直を庇いたかったんじゃない。俺が、聞きたくなかっただけです。自分が嫌だったから、止めたかった……それだけです」

それはどこまでも、自分本位な感情だった。直を護りたいと思いながら、その実護りたかったのは、自分自身だ。嫌悪に歪みそうになる表情を、必死に抑える。

重い沈黙の中、成瀬がゆっくりと立ち上がる。不意に、ソファが軽い振動とともに揺れ、身体が左へと傾いだ。

「え？」

何が起こったのかが判ったのは、呟いた後だった。頬に触れた温かい人肌と、背中に回されたがっしりとした力強い腕。気がつけば、成瀬の胸の中に抱き込まれるようにして、引き寄せられていた。

「やめ……っ！」

身体全体を覆った、人肌の温もり。ぞくりと背中に悪寒が走り、反射的に突き放そうとする。触れられるだけならば平気だが、未だに抱きつかれたりすれば、本能的に身体が逃げをうってしまう。けれど背中に回された腕は力強く、朋の抵抗にもびくともしなかった。

耳元で、落ち着けと低い成瀬の声がする。一瞬の衝動が過ぎてしまえば、徐々に落ち着きが戻ってくる。そうして、頬と背にあたる人肌が温かいと感じる頃、これ程近くで人と触れ合ったのはいつ以来だろうとぼんやりと思った。

身体を包む体温と、時間が経ってもその温かさが失われないことに、安堵を覚える。だが身体から力を抜いた瞬間、自分が成瀬の胸に抱き込まれているのだということを思い出す。違う意味で慌てつつ、内心で首を傾けた。

(何で、こんな……)

そしてその体勢を意識した途端、今度は落ち着かなくなりもぞもぞと身動ぎを始める。頬に血が上っているような気がするのは、気のせいか。至近距離にある成瀬の顔を、ちらりと見上げた。

「先生？」

『先生』は……ああ、まあいい。で？　何が聞きたくないって？」

先を促され、けれど一度止まった言葉は、先程までの衝動と勢いを失った今どうにも続けにくかった。だから何気ない思いつきで、別の言葉に変えた。

「成瀬先生は、誰にも必要ないって言われたらどうしますか？」

愚《ぐ》にもつかない質問だ。けれど、答えを聞きたいと思うのもまた、素直な気持ちだった。

「探すな。探して、意地でも見つける。自分が必要だと言う人間をな」

傲然《ごうぜん》と言い放ったその言葉に、躊躇いなど一切ない。見つからないわけがない。そんな声すら聞こえてきそうな、いっそ清々しい程の自信。誰かの手を待つのではなく、自ら手を探すのだと。言い切ったそれに、朋はくっと噴き出した。

「何だ」

むっとした声は、気のせいではないだろう。けれど、少しだけ成瀬の自信が自分にも分け与えられたような気がして、何でもないですと首を振った。

「先生らしいと思っただけで。その自信がどこからくるのかと」

そう軽口を叩けば、「あぁ？」と頭上で嫌そうな声がした。

「大体が、人間なんざほぼ自分の都合で動いてんだ。そいつにとって自分が必要ないなら、自分にとってもそいつは必要ない。そう思えば、そこにしがみつくより他当たった方が、よほど建設的だろうが」

「……そうですね」

まるで、長年朋の中に燻《くすぶ》っているものを見透かしたような指摘に、どきりとする。この人なら、ずっと朋が見つけ出せずにいる答えを、見つけてくれるだろうか。そんなことすら、考えてしまう。

その『答え』が何のための——いや、誰のためのものかすら判っていないというのに。

もしかしたら、自分はずっと誰かに聞いて欲しかったのかもしれない。そう思った時、考えるより先に、言葉は口から零れ落ちていた。

「うちは母子家庭だったんですが、環境が複雑で。父親も知ってはいますが、家庭のある人だから認知はされていません。母親も仕事柄色々とあって、あまり一緒にいたっていう記憶がなくて」

そうして、黙ったまま止める様子のない成瀬の胸にことんと頭を預けた。

「十二歳くらいだったかな。母親が、ある事件に巻き込まれて倒れてしまったんです。それで、叔父の家に預けられて……でも」

次第に呼吸が喘ぐようなものへと変わり、息苦しさが増す。未だに思い出そうとすると恐怖を感じてしまうのは、叔父の必死の形相のせいか、首に感じる痛みのせいか。

背中に回された腕に力が籠もり、その力強さにほっとしながら言葉を押し出した。

「折り合いが、よくなくて。ちょっとしたきっかけで、怪我をしてしまったんです。見かねた伊勢先生が、中学を卒業してから面倒を見て下さって……そんな感じだったので、未だに家族の諍《いさか》いなんかは苦手で」

みっともないところを見られました。はは、と。暗い空気を紛らわすように笑いながらゆっくりと身体を離す。けれど腕を掴まれたままもう一度緩く引き寄せられ、頭上に影が差した。無意識に前を見れば、何かが視界一杯に広がる。

「……――!?」

ふわりと、唇の上を掠めた温かい感触。触れた瞬間微かに啄《ついば》まれたそれは、離れ際に聞こえるか聞こえないかという程の小さな音を響かせた。

(え?)

ぴくりとも反応出来ないまま、ひたすら目の前を凝視する。唇に残った感触だけがやけに鮮明で、何をされたかゆっくりと思い返した。

「あ……」

言葉を忘れてしまったかのように、声を漏らすことしか出来ない。そんな朋に、成瀬がふっと優しく笑んだ。まるでガラスにでも触るように、朋の唇を親指で辿る。

(今の、キス?)

成瀬が辿った跡を追うように、自身の指先で唇を辿る。温かく柔らかい感触を思い出し、一気に頬に血が上るのが判った。

今まで人との付き合いが希薄だった朋は、キスすら正真正銘初めてだ。けれど煙草の匂いがするそれに、羞恥はあれど嫌悪を感じていない。そんな自分を不思議に思いながら、のろのろと成瀬の瞳を見返した。

そっと、頬を掌で撫でられる。再び、今度はゆっくりと近づいてくる成瀬の顔を凝視していれば、不意に掌で目隠しをされた。視界が暗くなっても、目を閉じることが出来ない。

またキスされる、と。今更ながらにぼんやりと思った、その瞬間。

「……ちゃ……」

「……——っ！」

部屋の奥から聞こえてきた物音に、はっと我に返る。身体を後ろに逃がし、自分でも気づかぬまま成瀬の身体を押し返すように両腕を前へと突き出していた。

小さく舌打ちの音が聞こえたのは、気のせいだろうか。そう思いながらも、慌ててリビングの入口の方を振り返る。擦りガラスの扉が開き、直がこちらへ歩いてきた。

いつの間に起きたのか。ソファから立ち上がり、目の前に膝を突く。すると、歩いてきたそのままの勢いですとんと腕の中に直の身体が収まった。

服を握りしがみついてくるその身体を抱き上げようとすれば、微かな声が耳に届く。

「に、ちゃ。ごめんな、さ……」

ごめんなさい、と。たどたどしい声は、直に会ってから初めて聞いたもので、驚きと同時に喜びがこみ上げる。

「喋《しゃべ》った」

振り返れば、ソファに座ったままこちらを見ていた成瀬も、驚きを露にしていた。顔を見合わせ、今のが聞き間違いでないことを確かめるように互いに頷く。

「直」

しがみついてくる身体を抱き上げ、ソファへと戻る。腰を下ろし朋の隣に座らせようとするが、膝の上から動こうとしないため、そのままにしてあやすように背中を叩いた。

「お前、飯も食わずに寝てたからな。リンゴ食うか？」

笑みを滲ませた成瀬が、直の頭をぐりぐりと撫で、台所へと向かう。やれやれと呟いた声は、既にいつもの成瀬のもので、先程からずっと張り詰めていた神経が一気に緩むのを感じた。

「大丈夫だよ、心配ない」

先程の直の言葉に応えるように、小さく囁く。

人にしがみつくだけの勇気が残っているのなら、きっと直は大丈夫だ。まだ幼い心は、これから幾らでも伸びやかに育つことが出来る。そんな思いを込めながら、もう一度大丈夫だよと繰り返した。

「おい、直。お前いつまでそこに載っかってるつもりだ。さっさと降りて食え」

頭上から落ちてきた声に、あれと思いながら上を向く。決して言葉に刺《とげ》はないが、成瀬のその口調は今まで直に対して使われなかったものだ。ある意味普段通りではあるのだが、唐突な変化に驚きと戸惑いを同時に覚えた。

これまでも直に対して、殊更優しげにしたり丁寧にしたりしていたわけではない。けれど、ある程度口調は柔らかくしており、怖がらせないようにしているのだろうという配慮は伺えたのだが。

(何だか、気を遣わなくなったっていうか、遠慮がなくなったっていうか……)

それともまた何か違う気がするのだが、その明確な違いが判らない。

考え込んでいれば、朋の膝の上で直がもそもそと身動ぎし始めた。成瀬に言われた通り膝から降りるのだろうと、背中に回していた手を離す。だが予想に反して、直は膝の上から降りようとはしなかった。代わりに朋と向かい合うようにして座っていた身体を反転させ、膝の上に載ったままテーブルの方を向く。

正面には、すっかり腰を落ち着けてしまった直のつむじ。そして背後を見上げれば、それを見下ろしたまま微妙な表情で眉を跳ね上げている成瀬の顔。

「おい、直。座るなら、そこじゃなくてソファに座れ」

成瀬がむっつりとした声で、再び促す。だが直は、ちらりと成瀬を見ただけで、それ以上

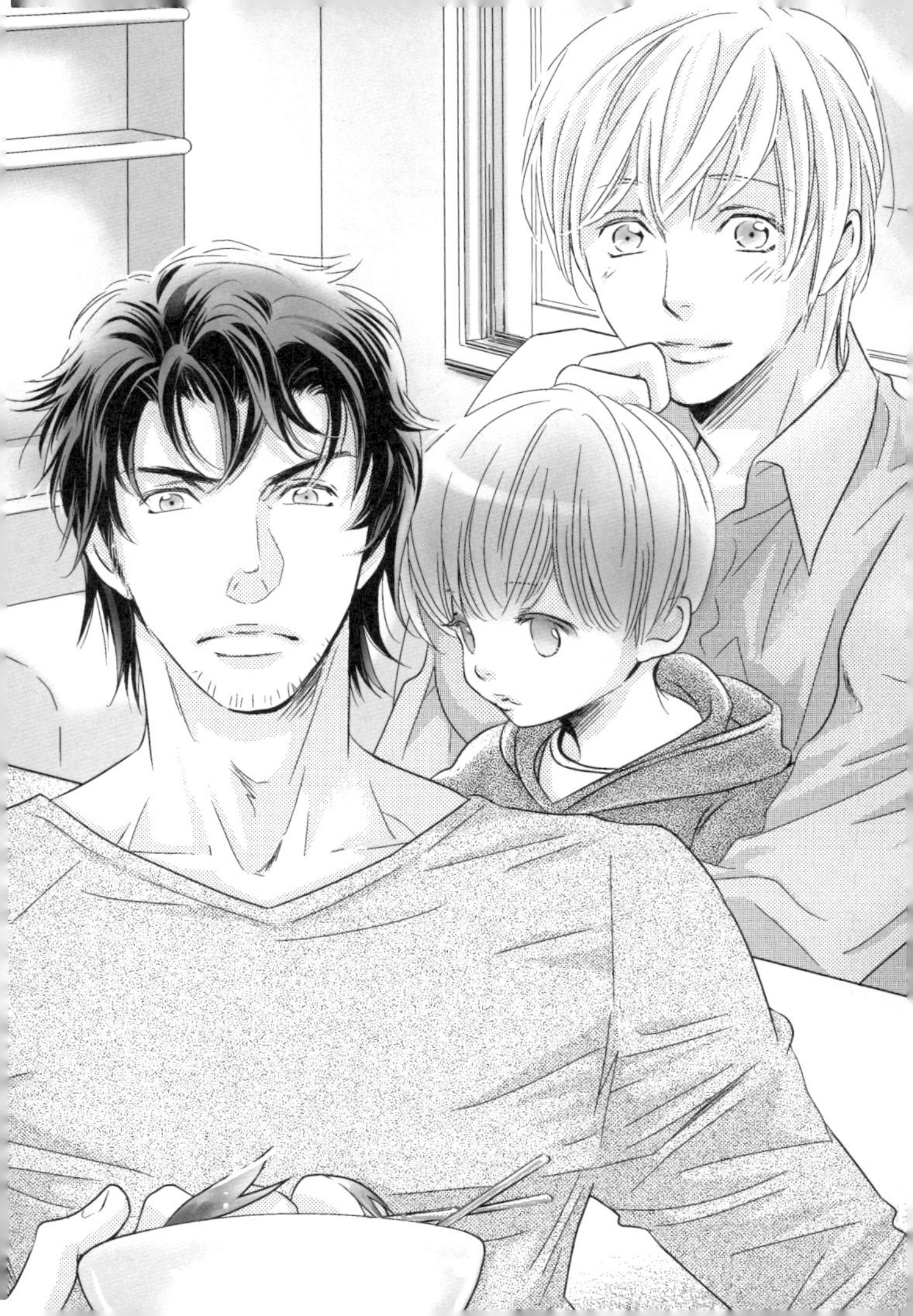

動こうとはしなかった。聞こえているが、聞き入れる気はない。まるで、そう言っているような態度だった。

交互に両者を見遣り、そして、思わず片手で口を塞ぎ小さく噴き出す。

「く……くくっ」

「おい、何笑ってる」

肩を震わせ笑う朋を、成瀬が睨みつける。だが睨みつけるその表情にも、憮然とした声にも、迫力など全く感じられなかった。

（何か、二人とも子供みたいだ……可愛い）

いや、一人は正しく子供なのだが。やりとりだけ見れば、まるで母親の膝を取り合う子供の喧嘩の台詞《せりふ》のようで、笑いが収まらない。

いつまで笑ってる、とぽこんと後ろ頭をはたかれる。そして成瀬が、直の目の前にリンゴを盛った皿を置く。それを見た朋は、一瞬で笑いを収めた。

「……ウサギだ」

そこにあったのは、器用に皮を切った昔懐かしいウサギの形のリンゴ。それと成瀬の顔を順番に見た朋は、再びリンゴへと視線を戻す。

（何だろう。悪いけど、凄く――似合わない）

そう思った途端、再び笑いがこみ上げてくる。そうして朋は、自分でも覚えていない程久々に、心の底から笑い続けた。

◆◆◆

「あれ」

成瀬の執務室の扉を開いた朋は、がらんとした無人の部屋を見て眉を寄せた。

「ん？　どしたの、朋君」

背後からかけられた榛名の声に、顔だけで振り向き部屋の中を指差す。

「今日。成瀬先生、お出かけでしたっけ」

「今日は一日家裁よ。聞いてない？」

きょとんとした榛名の様子に、ええ、と扉を閉める。いつもならば、その日の朝か前日に必ず行き先を告げていくのに、今日は外出予定があることすら聞いていなかった。今までにない状況に、違和感を覚える。

「じゃあ、言ったつもりになって忘れてたんじゃないかな。このところ、木佐先生から刑事事件まで回されて、成瀬先生にしては珍しく忙しそうにしてたし」

「そう、ですね」

どこかしっくりこない感情を抑えて、そう呟く。

数日前、成瀬の部屋に行った辺りから、すれ違いが続いていた。丁度同じ頃から、事務所全体が慌ただしくなり始め、木佐も成瀬も出払ってしまうことが多くなっていたため、そのせいかと思っていたが。

（でも……）

不自然な程の、すれ違い。顔を合わせる頻度が減った、というには極端に減りすぎている。今までも忙しそうな時はあったけれど、こんなことは初めてだった。最低限の仕事の指示すら、メモやメールで行われている。全く事務所にいないというわけではないが、いる時もどこか表情が硬く声をかけ辛い雰囲気だった。

（避けられてるのかな）

榛名の言うとおり、忙しいだけなのかもしれない。だが一方で、避けられているのかもしれないと思う自分もいる。

もし避けられているとすれば、原因は先日の成瀬の家での一件だろう。

あの後、結局どさくさに紛れ、キスの意味も聞けないまま家に送られてしまった。

『悪かったな』

最後に呟かれた一言は、何に対しての謝罪だったのだろうか。そのまま見送ってしまったが、やはりその場で聞いておけばよかったと後になって悔やんだ。

あの日の成瀬の行動は、不安定になった朋を慰めるためのものだったのだと思う。抱き締めてくれていた腕は、ひたすら優しさだけを伝えてきた。だが、どうして突然キスされたのかが判らない。

(慰める……のに、キス?)

普通はするだろうかと思い、結局『普通』が判らず答えが出ない。そんな堂々巡りを、ずっと続けていた。

あの日から、成瀬のことばかり考えている。そして考えている間は、突き飛ばされたことや過去のことが頭から追い出されていた。本来ならば、まず自分の身に起こった危険について、考えるべきなのだろう。だが成瀬の突然の行動に気をとられてしまい、頭が回っていなかった。

もしかすると成瀬は、朋が勘違いすることを懸念したのではないだろうか。好意を持たれていると、そう自惚《うぬぼ》れて仕事に支障をきたさないように距離を置き態度で示している。そんな気がした。

(勘違いなんか、しないのに)

身内にすら見放されたのだ。自分に知り合い以上の好意を向けてくれる人など、いるわけがない。大体成瀬など、その気になって探せば相手は幾らでもいるはずだ。

考えれば、それが正解であるような気すらしてきて、考えるなと溜息をついた。

「あれ? 朋君、右、まだ痛むの?」

唐突に、背後から榛名の不思議そうな声がする。スチール製の棚の前で、目を通しておこうと思っていた過去案件のファイルを取り出していたのだが、その声に自分が無意識のうちに右肩を庇っていることに気づいた。慣れない左手で、ファイルを取ろうとしていたのだ。

（しまった）

内心で舌を打つ。右肩には、先日突き飛ばされた時に出来たものとは違う、大きな痣《あざ》が広がっている。昨日の帰り際、道端の壁に思い切りぶつけたものだ。

人気のない公園近く、かろうじて車がすれ違える程の狭い道だった。突如、背後からヘッドライトで照らされたのだ。振り返る前に、身体が逃げるように道端に向かって動いていたのは、奇跡だったと言っていいかもしれない。

その真横を、物凄い勢いで通り抜けていったバイク。あのままぶつかっていれば、確実にはねられて大怪我……下手をすれば死んでいただろう。それ程のスピードだった。

その時の感覚を思い出し、ぶるりと身体が震える。助かったという安堵感より、そして殺されそうになったという事実より、誰が何のためにやったのかが判らない、その不安の方が強かった。

訝しげにこちらを見ている榛名に、棚の前で振り返り、右手を肩の高さまで上げてみせる。そして、違うんです、眉を下げて笑った。

「寝た時に、どうも変な姿勢をしてたみたいで。朝起きたら肩の筋が痛くて、ここから上がらなくなったんです」

痛くないと言っても怪しまれるだけならば、痛いことは素直に認めた方がいいだろう。榛名もそれに、あるあると神妙な顔で頷いた。

「首の筋とか、よくやるよね。そっちの方向に曲がらなくなっちゃうの。あれって、身体全体で振り向かなきゃいけないから、大変なのよね。大丈夫？　湿布とか貼った？」

「ああ、いえ。家では貼ってましたけど、あれ匂いが凄くて。一日二日で治りますよ」

「そ？　じゃあ今日は、あんまり重い物持たないようにね」

「はい。じゃあその時は、榛名さんお願いします」

「って、私!?　ああ、そうね。今日は私しかいないわね……。成瀬先生がいたら、朋君がにっこり笑ってお願いしたらさっさと動くでしょうに」

ぶつぶつと文句ともつかない言葉を呟く榛名に、朋はまさかと否定する。むしろ、成瀬に避けられているかもしれないということまで思い出してしまい、肩を落とした。

「そうね。朋君は、もう少し笑顔の使い方が上手くなれば、老若男女……特に子供と老人は転がせると思うわよ」

「転がすって……榛名さーん」

さすがに言葉が悪すぎます。その上転がすとはどういうことだ。そう言った朋の呟きを、だが榛名は完全に流して話を続けた。

「っていうか、そもそもこの事務所自体みんな顔はいいのよ。所長があれで、成瀬先生も、もーちょっとちゃんとした格好すればなかなかだし。朋君はアイドル顔だし」

目の保養はばっちりなはずなのに、何でこう潤いが足りないかしら。しみじみとそう呟く榛名の目はどこまでも真剣で、一瞬遠い目になってしまう。

「いや、あの……まあ、先生方はともかく」

そう言った朋の言葉は、榛名の耳には届いていないようだった。むしろ存在自体忘れ去られているのではないかという程、真剣な表情で考え込んでいる。

「うーん。でも朋君の顔って、誰かに似てる気がするのよねぇ。身体全体細くって、目がちょーっとだけ大きい、んー、そうね。ふわふわの小型犬！　って感じで」

その言葉に、ぎくりとして表情を強張らせてしまう。だがすぐに、判るはずがないと無理矢理笑みを作る。実際、眼鏡を外し前髪を切っても、似ていると言われたことはなかった。

「……榛名さん。それ、褒められてませんよね」

乾いた笑いを漏らしながらそう言えば、榛名が「そんなことないわよー」と返してくる。その視線は空中で止まっており、記憶の底を掘り返しているようだった。狼狽えた表情を見られずにすんだことに胸を撫で下ろしながら、仕事に戻る風を装って再び棚の方を向く。

「世の中に似た人って何人かいるって話ですし、昔の知り合いとかじゃないですか？　そんなことより、そろそろ仕事に戻らないと怒られますよ」

ファイルを探す振りでそう促せば、未だに思い出せないことが悔しいのか、ううんと榛名が頭を抱えていた。故意ではないだろうことはもちろん判っているが、これ以上触れられたい話題でもない。沈黙することで、話を終わらせた。

(判るはずが、ない)

美貌が売りだった母親譲りの顔は、親子だと聞いて並べればそっくりだと言われる程には似ていた。ただ、男女の差がぱっと見の印象を変えているため、朋だけ見ても母親に繋がらないのだ。朋の顔に、ある程度の青年らしさが出てきたことも、その一因となっている。

万人が知っていてもおかしくない人ではある。けれど、母親はもう何年も前に観衆の前から姿を消した。言い方は悪いが、入れ替わりも激しく露出がなければ忘れ去られる世界だ。数年間姿を見せなければ、何かきっかけでもない限り思い出されることはないだろう。

ちらりと背後を見れば、思い出すことを諦めたらしい榛名が、既に仕事へと戻っていた。その姿に安堵し気を抜いた拍子に、思わず右手でファイルを取ろうとしてしまう。衝撃で右肩に痛みが走り、小さく顔を歪めた。

突き飛ばされて以降、一人で帰る夜に時折危ないと思えることが続いていた。全てがそう、というわけではないが、どうすればいいかと考えあぐねていたのだ。

(せめて、理由が判ればな)

判ったからといってどうなるものでもないが、その方がまだ気が楽だった。

成瀬達に相談する気はなかった。相談すれば、心当たりを尋《たず》ねられるだろうし、朋にはその心当たりが一つしかない。だが、それを詳しく話すことは躊躇われた。

成瀬なら、大丈夫かもしれない。そう思う自分もいる。だが、未だ踏み切れる程の勇気はなかった。避けられているのかもしれない現状では、特に。

(それに……全部、話せば)

どうしても朋を見る目に過去が混じる。成瀬には過去ではなく、今の自分を見て欲しい。それは、自分でも気づかないまま成瀬に求めた願望だった。

結果、朋のとった方法は現状維持。危険が過ぎ去るのを待つ、消極的なものだった。

(そのうち、諦めるといいけど)

今は出来るだけ、直を一緒に連れて歩かないようにしている。こうなれば、成瀬と顔を合わせる機会が少ないのは、むしろ好都合だったのかもしれない。成瀬に対して隠しきれる自信はなく、ばれる可能性の方が高いからだ。

(意外と、見てないようで見てるし)

以前怪我をして帰ってきた時にも、成瀬には見抜かれた。最初はだらしないイメージが強かったが、今では随分と頼もしい印象に変わっている。ただその頼もしさが、隠し事のある今の朋には厄介だというだけだ。

「はい、申し訳ありません。成瀬は本日、終日外出の予定となっておりまして。ああ、いいえ。家裁の方に。木佐も出張に出ております。お急ぎですか？　いえ、明日の午前中は二人とも事務所の方に……はい。判りました、お願いします。お電話があった旨は、申し伝えておきますので。失礼致します」

机の上にファイルを置き椅子に座れば、電話を取った榛名がメモ用紙に用件を書き付けこちらへ手渡してきた。基本的に木佐や成瀬への伝言はお互いにメモを見せた上で、各自の担当弁護士へと伝える。今は成瀬が留守のため、後で持って行けばいい。受け取ったメモを、小さなクリアファイルに挟んだ。

朋の正面で電話が鳴り始める。条件反射のように、電話を取った。

「はい、木佐法律事務所でございます」

『……──』

しん、と沈黙が流れる。受話器の向こうの相手は一言も話さず、嫌な気配を感じた。眉を顰めれば、様子がおかしいことに気づいたのだろう、榛名が顔を上げてこちらを見る。

「もしもし？」

再度促すように声をかける。だが、不気味に落ちた沈黙は変わらず、榛名の方を向いて首を横に振った。

(悪戯《いたずら》か？)

そして少し待ち、やはり変わらない様子に、耳から受話器を離そうとする。その瞬間、小さく低い男の声が耳に届いた。

『てめえなんか、死んじまえ』

「つ……！」

ぷつ、と軽い音とともに通話が切れる。つーつーと耳元で響く単調な音は、どこか現実感がなく作り物じみて聞こえた。あれは、朋に向けられたものだろう。まるで子供のように直截《ちょくさい》な言葉だったが、その分明確に敵意が伝わってきた。ひやりと背筋が冷たくなる。怖くはない、不気味なだけだ。顔が強張っているのが、自分でも判った。

「朋君？　どうしたの……ちょっと」

ゆっくりと視線を動かせば、心配そうな顔をした榛名が、正面から机越しにこちらを覗き込んできた。強張った頬に笑みを刻み、悪戯です、と呟く。

「たまに、ありますね」

「それは、そうだけど。でも……」

それだけじゃ、と続けた榛名の言葉が終わる前に、腰を上げた。そして、それ以上の言葉を遮るように感情を抑えぽつりと呟く。

「買い物、行ってきます」

◆　◆　◆

昔はよく、雨音を聞いて母親を待っていた。

どちらかといえば、朋は雨の日の方が好きだった。がらんとした部屋の中で、母親を待っていると、不意に静けさが怖くなる瞬間があったのだ。

だから、雨の気配と音に部屋全体……いや、家全体が包まれていると、心細さが和らぎ安心出来た。そして雨樋《あまどい》を伝った雨粒が、溜まった水の中に落ちていく単調な音が、朋の子守歌代わりとなっていたのだ。

未だに雨を見ると、感傷とともに幼い頃の気分を思い出す。誰かを待っているような、そんな気分にさせられてしまう。

(誰も、待つ人なんかいないのに)

息をついて気分を入れ替えると、事務所の仮眠室を覗く。すると、ベランダ側の窓に張り付くようにして外を見ている直の姿があった。おや、と思いながら近づくが、何かに興味をひかれているのかこちらを見ようともしない。

「直?　何かある?」

「……あめ、のおと」

小さな声に、ああと笑う。先日成瀬の家に行った時からの、もう一つの変化。それは、時折だが直が喋るようになったことだ。あの翌日、木佐に直が喋ったことを話すと、引き取った夫妻の前でもあまり喋らなかったのだと驚いていた。

熱心に見ている直の様子に、あることを思いつき朋は給湯室へと引き返した。

「直、ちょっといい？」

窓に張り付いた身体を少し退け、窓を開く。手に持った空き缶を、ベランダの一角に置いた。

「……あ」

丁度配水管を伝い落ちてくる水滴が、缶にあたる。高く小さな音が響き、直が少しだけ目を丸くした。ベランダから外に出ることは禁じているため、部屋の中から出ることはない。だが、一生懸命首を伸ばして音の元を見ようとしている。

「多分、締めても聞こえるよ」

単調に響く音が気に入ったのか、直がこくりと頷く。朋が部屋に入り窓を閉めると、再び窓に張り付いて缶を凝視した。上部にある小窓を開いてやれば、微かだった音が若干聞き取りやすくなる。

「おい」

入口から声をかけられ、振り返る。そこに幾分緊張感の漂う成瀬の姿を見つけ、すみません、と言いながら立ち上がった。今日は、久々に一日成瀬が事務所にいたのだ。仕事でミスでもしてしまっただろうかと考えながら、直をそのままに成瀬の元に急ぐ。

「何かありましたか？」

「いや、何やってた」

「ああ……いえ、雨の音が気に入ったみたいだったので。昔、やりませんでした？　あれ」

そうしてベランダの一角の空き缶を指差せば、ああと成瀬が頷いた。ふっと表情が和らぎ、懐かしそうに目を細める。

「やったな。入れ物変えて、色々試した。何だ、懐かしいな」

「小さい頃、確か誰かに教えて貰ったんです。あれを聞いてるのが習慣みたいなものだったので。窓に張り付いてる直を見たら、思い出しました」

ふと、頭上に気配がし振り仰ぐ。けれど、今にも朋の頭に載せられそうになっていた手は、結局行き場をなくしたように引っ込められた。

「それより、話がある」

その反応に、予想以上に残念に思っている自分に気づき狼狽えてしまう。

（って……して欲しかったのか？）

以前はたまにあった、軽いスキンシップのようなそれも、今では全くなくなった。直と同じく子供扱いされているようで複雑な気分だったのに、なくなってしまうと寂しい。狼狽えつつ自問自答するが、それが正直な気持ちだった。

そしてここ最近の憂鬱《ゆううつ》の原因について、やっぱりと悪い方へ考えてしまう。

（避けられてたのかな）

もちろん忙しいのもあっただろうが、避ける意味合いもあったのかもしれない。成瀬の後に続きながらそっと背中を眺め、再び小さく溜息をついた。

「え？」

連れて行かれたのは、木佐の執務室だった。今までにない事態に、やや緊張しながら入っていく。するとそこには、木佐と成瀬の他に見知らぬ男の姿があった。

入口近くの応接用のソファにゆったりと脚を組んで座る木佐と、朋を連れて入った成瀬。その二人は判るが、木佐の横に立つ男を見て、誰だろうと首を傾けた。

初めて見るやけにがっしりとしたその男は、怜悧な雰囲気の漂う木佐や、男性的ではあるもののがっしりという印象のない成瀬とはタイプが全く違っていた。

恐らく体育会系だったのだろう。そう容易に想像出来る姿と、こちらを見据えてくる鋭い視線。正面からその瞳を見て、思わずたじろいだ。

（あの目、知ってる）

どうにも嫌な感覚が這い上がり、一歩足をひく。多分、というよりは確実に男の職業に予想がつき、意識より前に身体が逃げようとしていた。冷たい塊が胃の奥に押し込まれたように、鳩尾《みぞおち》辺りがひやりとする。

「おい、正宗《まさむね》。その目止めろ」

咎めるような成瀬の声とともに、肩に腕が回される。足を止め傍《かたわ》らを見上げれば、男を睨みつけている成瀬の姿があった。言葉や表情とは裏腹に、背中に触れている腕は優しい。そこから成瀬の体温が染み入ってくるようで、柔らかい温かさに安堵の息をつく。

と同時に、正面に立つ男が威圧するような気配を緩め、くしゃりと顔に笑みを浮かべる。鋭さが消えれば、男はがらりと親しみのある雰囲気に変わり、朋は思わず声を上げた。

「あ」

「いやぁ、悪い。つい癖で。職業病だと思って勘弁してくれ」

拝《おが》むようにこちらに片手をあげてきた男に、朋は目を丸くしたまま「はあ」と返事だか溜息だか判らないような答えを返してしまう。

「馬鹿がつく部類の犬、しかも雑種だからねぇ。学習機能がついてないんだよ。脅かしてごめんね？　朋君」

「は、え？　いいえ……？」

一体何が起こっているか判らず、三人をきょろきょろと見回しながら条件反射で返事をする。すると、木佐にさりげなくこき下ろされていた男が一瞬後に「ちょ……っ」と焦った声を上げた。

「先輩、何気に今さらっとすげーひどいこと言いませんでしたか」

「気のせいだろう？　俺は本当のことしか言った覚えはないよ……まあ、そんなことより。成瀬？」

話を振られ、成瀬が朋の肩から腕を外す。木佐の正面にあるソファを視線で示され、そこに座れと言葉を添えられた。それに頷きながら、離れていった腕をつい惜しむように視線で追ってしまいそうになり、はっと我に返る。

(見られてなかったよな、今の)

別に、寂しかったわけじゃない。誰にともなく言い訳しながら、狼狽えてしまった姿をごまかすように、視線をうろつかせながらソファへと腰を下ろした。

「櫻井です。あの、態度が悪くてすみません……ちょっと、刑事さんが苦手で」

ソファテーブルを挟み、正面に木佐と正宗と呼ばれた男が、そして朋の隣に成瀬が腰を下ろしている。どっかりと座った男に、初対面なのに失礼な態度をとってしまったと頭を下げれば、三人が驚いたように目を瞠った。

「あれ？」

一番最初に声を上げたのは、正面に座る男だった。木佐と成瀬の顔を確かめるように順に見た後で、朋に声をかけた。

「俺は、飯田《いいだ》正宗と言います。職業は、二人に聞いた？　今日俺がここに来ることも？」

部屋に入った時の朋の表情と態度から、そんなはずはないだろうと言外に告げられる。そうして初めて墓穴を掘ったことに気づき、朋はしまったと視線を逸らした。

先程与えられた成瀬の腕の温かさに、すっかり油断してしまっていた。二人の知り合いならば、余計に謝らなければと焦った気持ちが先に立ち、要らないことを口走ってしまった。

だが、言ってしまったものは仕方がない。そっと溜息をつき、いいえと首を横に振った。

「それは聞いていませんでした」

「じゃあ？」

真っ直ぐに見据えてくる飯田は、口調と雰囲気こそ軽くしているが、その視線には再び刑事独特の鋭い光が宿っている。つい怯《おび》えてしまう自分自身を引き戻しながら、何となくです、と告げた。

「苦手、なので。違ってたら、すみません」

言いながらも、違っていることはありえないだろうと思う。

嫌いだからこそ、判る。そして、出来る限り避けてきたのだ。十把《じっぱ》一絡《ひとから》げで刑事を嫌うことは、目の前の飯田に対しても失礼だと判っている。だがこればかりは慣れることが出来ないのだから、仕方がない。

視線を落とし頭を下げた朋に、逆に飯田が焦ったように手を振った。

「いや、ごめん。別に君を責めてるとかじゃなくて……ああ、またやっちまった」

何やら大げさに頭を抱える飯田に、木佐がふんと鼻で笑う。

「だからお前は、少年課の奴らから嫌われるんだよ。子供相手の仕事でもしてれば、そのうち慣れるんじゃ、とかいう配慮を全部無駄にしたってな」

「面目ないです」

その態度には、いつものような柔和《にゅうわ》さが、かけらもない。目を丸くしていれば、これが地だと隣で成瀬が呟いた。何やら騙《だま》されたような納得するような複雑な気分で驚いていれば、先を促すように成瀬が言葉を挟んだ。

「んなことは、どうでもいいだろうが。さっさと本題に入れ、本題に」

「ちょっと。成瀬先輩まで、何でそんなやる気なんですか……普段のだれっぷりが嘘みたいですよ」

ぼそぼそと拗《す》ねるように言った飯田は、だが成瀬に一瞥《いちべつ》されるとごまかすようにへらっと笑った。そして、朋の方へ向き直る。

「じゃあ改めて。俺は、警視庁刑事部捜査一課で刑事やってます。階級は巡査部長。この二人は、高校時代の先輩でね。あ、名刺見るかい？」

いえ、と断る間もなく差し出された名刺を、仕方なく両手で受け取る。雰囲気にぴったりの名前だな。字面をじっと見ていれば、世間話のような調子で続けられた。

「で、最近何か危ないことはなかった？」

「え」

理解するより先に、口がいいえと答えていた。朋の即答に苦笑した飯田が、隠すことじゃないだろう？　ともう一度促す。

「ここのところ、怪我が絶えないらしいね。事務所にも、公衆電話から妙な電話がかかってるみたいだし」

「え？」

悪戯電話は、榛名も見ているためごまかすことは出来ない。けれど、怪我のことは誰にも言っていない。以前榛名に指摘されてからは、不自然にならないよう出来るだけ注意を払っていた。それに、公衆電話からだと何故判ったのだろう。そんな疑問が伝わったらしく、木佐が飯田の隣で肩を竦めた。

「怪我は、見てたら判るよ朋君。歩き方とか、物持つ時とかね。肩とか足とか、最近庇ってることが多いだろう？　服が長袖だから他は見えないけど。ちなみに電話は、亜紀ちゃんからのタレコミでね。ここ最近の通話記録を調べました」

種明かし、といった風なそれにちらりと隣を見る。だが、成瀬は無言で前を向いたまま目を閉じていた。成瀬も気づいていたのだろうか。隠せていると思っていたのが自分だけだと判れば、どうにも居心地が悪かった。

「で、とりあえず様子見ってことにしてたんだけど。どうにも朋君が自分から話してくれる気配もないし、ここは無理矢理吐かせようということで」

「俺が、呼ばれました」

朋を気遣ってか、にこりと軽い調子で言った木佐の言葉を、飯田が同じ調子で引き継ぐ。内容はともかく、出来るだけ朋の緊張をほぐそうとしているのだろうその様子に、小さく頷いてみせた。

けれど、やはり話すのは躊躇われ口を噤む。転んだ、と言い張りたいが、雰囲気がそれを許さない。ちらりと木佐を見れば、穏やかな笑みが返される。ある意味笑顔がポーカーフェイスとなっている木佐は、実のところ一番感情が読みにくい。そして隣からは、何も言わないまでも不機嫌な気配が伝わってきた。

「前に、買い物から怪我して帰ってきただろう。あれは」

言い淀《よど》んでいた朋を促すように、ぼそりと成瀬が低い声で呟く。

あの時、結局成瀬が途中で追求を止めたため、そのまま有耶無耶《うやむや》となった。話を出さなければもう聞かれることもないだろうと思っていたが、どうやら甘かったらしい。

怪我や悪戯電話のことを絶対に話したくない、というわけではない。ただその原因を探ろうとして、過去に行き当たるのが嫌なのだ。

朋が話さずとも、飯田が調べればすぐに判るだろう。そうなれば、芋づる式に成瀬にも知られてしまう。どうすればごまかせる。そんな思いが、ぐるぐると頭の中を駆け巡った。

「話したくないのか」

朋が何も言わないことに痺《しび》れをきらしたように、成瀬が再び口を開く。逡巡の後、こくりと頷けば、どうしてだと問いを重ねられる。

「どうして、って……」

言い訳を探すように視線を彷徨わせれば、いつの間にかこちらを見ていた成瀬と目が合ってしまう。そこに怒りの色を見つけ、ぎくりと肩を強張らせた。

（怒ってる）

「誰がどうみても、尋常じゃないだろうが。どうして、んな怪我までして黙ってる必要がある。やった奴に心当たりでもあるのか？」

感情を抑え込んだような、表情の割に淡々とした声。だが、これには正直にいいえと首を横に振った。

誰が、何の目的でやっているのかは本当に判らない。心当たりはあっても、もし朋に手を出してくる状況になれば、伊勢からなにがしかの話があるだろう。そんな様子もなく、だからこそ困惑は深まった。

（でも……）

正直に言えば、朋自身さほどの危機感を感じていないのも本音だ。不気味なのも、身の危険というより相手の目的が見えないせいだった。

「なら、話せるだろうが」

「何でもないですよ。ただ、ちょっと危ないなって思うことが……重なっただけです」

逃げ道を塞いでいく成瀬に、こともなげに聞こえるよう気をつけながらそう告げる。

だがその瞬間、がん！　とテーブルの脚を靴で蹴る音が響いた。成瀬が、苛立ちに満ちた表情でテーブルを睨みつけている。その表情と響いた音に、身体が竦んだ。

「成瀬、落ち着きな」

木佐が、やんわりと窘《たしな》める。と、成瀬が舌を打ち、ぐいと朋の左手首を掴んだ。

「……っ」

ぴりっと痛みが走り、上げそうになった声を飲み込む。掴まれた手首には、袖をめくらなければ判らない程度に、肘から手首の辺りまで包帯が巻かれている。昨日の夜、アパート近くにある数段の低い階段を下りようとして後ろから突き飛ばされたのだ。

落ちたといっても高さもなく、身体の下敷きになった左手を地面で擦っただけですんだ。鈍《にぶ》い痛みだけが残り、治療も、傷を消毒してガーゼを当てる程度で終わった。

「これは何だ。この間のとは違うだろうが」

言い訳を許さない鋭い声に、成瀬から視線を逸らす。顔を見られれば全部ばれてしまう。そんな気がして、成瀬の方を見ることが出来なかった。

「これ、は」

だが、それ以上ごまかす方法も見つからない。じりじりと追い詰められるような感覚に、ともすれば考えることすら放棄してしまいそうな程、思考が空回りしていた。

(どうしよう……どうすれば)

さっきから、逃げ道がなくなっていくごとにどうにも頭がぼんやりとし始めている。あまりよくない兆候だと本能的に悟るが、どうしていいか判らない。

「言いたくないなら、別にいいぜ。……ただし、こっちで勝手に調べるがな」

「なっ……止めて下さいっ!!」

冷えた成瀬の声に息を呑むより先に、告げられた内容に叫んでいた。睨みつけるように成瀬を見れば、射貫かれそうな程尖った視線にぶつかる。

「お前が言わなきゃ、調べる。それが嫌なら素直に……」

「あんた達には、関係ないっ!!」

右手でソファに爪を立てながら、声を上げる。

調べられれば、知られてしまう。それだけに思考が支配され、焦りながら成瀬の手を振り払おうと掴まれた左手首を引く。びくともしないそれに苛立ち、礼を失していることに気づく余裕もなく、感情のままに叫んだ。

「こんなの放っておけば……っ」

ぎり、と。指先が手首に食い込むほど力を込められ、痛みに呻く。そして再び「放っておいてくれ」と言おうとした言葉は、成瀬の視線に止められた。

「関係ない、な――お前、それ本気で言ってんのか」

底冷えがする程に鋭さを増した気配は、朋の激昂を一瞬で冷ましてしまう。空恐ろしささえ感じるのは、成瀬の静かな声と表情から、一切の優しさが消えていたからだ。そこに感じる本気の怒りに、朋は自分でも気づかぬまま小刻みに震えていた。

（もう、嫌だ……）

これ以上、どうすることも出来ない。そう認識した途端、思考は一気に現実を放棄した。頭の中に霞がかかったかのように、考える力が低下していく。意識が遠のく時の感覚に似たそれは、小さな頃に味わったものと、同じだった。

この場から、逃げ出してしまいたい。放っておいてくれ、と、そんな考えに頭の中が埋め尽くされていく。知られたくない、そして、思い出したくないと心が訴えていた。

憎まれる、殺される……そんな、自分に向けられる強い負の感情。

過去のことをなるべく考えないようにしているのは、恐怖が抑えきれなくなるからだ。自分に対する憎悪で歪んだ瞳と、強い殺意。その瀬戸際の狂気と呼べる感情は、朋を容易に過去へと引き摺り戻す。

聞きたくない、言いたくない、考えたくない。

何も聞かなければ、答えなくていい。答えなくてよければ、考えなくていい。

欲しいものなど望まず、全てを遮断してしまえば——楽になれるのだから。

すとん、と朋の身体から力が抜ける。ああ、もういいや。何もかも、どうでもいい。投げ出すようにそう思えば、正面にいる成瀬が視界に入った。こちらを、窺うように見ている。

そして、もう一度何でもないんですよ、と呟いた時には、口が勝手に喋っているような感覚だった。意識は眠っているのに、身体だけが反応しているという状態に近い。

「昨夜……階段から、落ちたんです。段差も少ないところでしたから、擦っただけですけど」

「で。それも、誰かにやられた？」

木佐の言葉を肯定《こうてい》するように、のろのろと頷く。

「あの時の怪我もだな。あれからか？」

まるで離せば朋が逃げてしまうというように、手首を掴んだままの成瀬に問われる。そんな成瀬の手をじっと見ながら、はい、と抑揚《よくよう》のない声で呟いた。まるでロボットが喋っているみたいだ。自分自身で、おかしくなる。

「時々、夜一人で帰ってる時に……でも本当に、たいしたことはないんです」

「んな怪我しといて、何がたいしたことがないだ！　お前、狙われてる自覚があるのか!?」

どこかぼんやりとした朋の言葉に、成瀬が、我慢の限界が訪れたかのように怒鳴る。手首を掴んだ手に力を入れられるが、その痛みすら遠いもののように感じてしまう。

ああ、怒ってる。成瀬の怒りも、ともすればやり過ごそうとする自分に、嫌悪を感じつつ口を開いた。

「だって、狙われてるって言っても……」

そうして、ここ数日の間、ずっと感じていたことを口にする。

「俺を、殺そうとしてるわけじゃないですよ？」

淡々とそう告げた朋に、三人は揃って不審げに眉を顰めた。驚愕と、あとは……よく判らない、何か物言いたげな表情。普段からあまり微笑以外の表情を見せない木佐ですら、驚きを露にしていた。

どうしたのかな、みんな変な顔をしている。子供のように、ぼんやりとそう思う。

「朋君、君……」

「……っ！　おい」

木佐の声に続き、成瀬の苛立った声がする。ぐいと腕を引かれ、成瀬の方を向かされた。頬を掌で挟まれ、正面から覗き込まれる。

「んなの、判らねぇだろうが。危険だとは思わないのか」

その言葉に、きょとんとした表情で判りますよ、と答える。どうして、そんな当たり前のことを聞いてくるんだろう。何故か無性におかしくなり、ふっと笑った。

昔俺を殺そうとした人達とは、決定的に違うものがあるのだ、と。既に何を言っているのか自覚もなく続けた。自分の顔が蒼白で、生気のない顔色とは対照的にひどく幼い表情を浮かべている。そんなことすら、気づかない。

「殺意が、ないんです。殺すつもりなら、俺はもうとっくに死んでます。怪我だけなら、相手が飽きればそれで終わり……」

言い終わる間もなく、ぱん、と頬に鋭い痛みが走る。決して強くはないが、弱くもないそれ。一瞬遅れてやってきた、じんじんとした痛みに目を瞠る。

「え？」

「いい加減、目ぇ覚ませ」

成瀬の声と、頬に走った衝撃にはっと我に返る。ぼんやりと靄《もや》がかかっていた思考が突然晴れた気がして周囲を見れば、部屋に奇妙な沈黙が落ちていた。その雰囲気に、自分がどうやらおかしなことを口走ってしまったらしいことに気づき、狼狽える。たった今自分で言ったことなのに、まるで夢から覚めたように記憶が曖昧で何を言ってしまったのか判らない。

「あ、れ？　……す、すみません。俺」

頬を押さえながら謝れば、真っ先に立ち直ったらしい木佐が、いつもの笑みで別に大丈夫だよと告げた。

「で、悪戯電話はなんて言ったのかな？」

ふと話を変えるようにそう告げた木佐に、朋は混乱した思考で、考えることを放棄したまま告げた。電話をとった時に感じた恐怖は、今は感じない。

「『てめえなんか、死んじまえ』、と」

「……――ふうん、それはまた。随分幼稚だねぇ」

「ですね」

朋の言葉を聞いた木佐と飯田の反応に、え？　と声を漏らす。

「年齢はともかく、精神的にね。直截すぎるというか、回り道を知らないというか。ま、それはともかく朋君に心当たりは？」

やはり聞かれないわけはなく、それにはいいえと首を振った。嘘ではない。唯一の心当たりは限りなく可能性が低いので、自分の中では除外されている。

「ありません」

「全然？」

はい、と頷き改めて思い返す。少なくとも、こちらから接触しなければ近づいてこないはずだ。危ういながらも落ち着いていたのだから、今更何かを仕掛けてくるとも思えない。

「先輩、こっちの事務所を狙った可能性は？」

飯田の言葉に、成瀬は違うなと即座に否定した。

「皆無とは言わんが、事務所の方なら個人に絞らず、こっちにくるだろ。事務所自体に何かされたこともないしな」

「ま、そりゃそうですね。先輩達にも事務員の女の子にも変わったことがないなら、やっぱり櫻井君の方か」

「本当に、ないか？　違うだろうと思ってることでもいい」

成瀬の言葉に、ぎくりとする。内心の声を聞かれてしまったのではないか。そう思い、息を呑む。成瀬の方を見れば、飯田と同じような鋭い視線で朋の方をじっと見据えている。先程までの怒りは薄らいでいるものの、飯田とは違う、心を暴かれそうな怖さがあった。けれど、やはりそれを話すことは出来ないと首を振る。

「そうか……じゃあ、当面護衛をつけるってことでいいですか？　所轄《しょかつ》に知り合いがいるんで、話つけときます。あと、櫻井君の家辺りも近くの交番の人間に、巡回させましょう」

「え？　いえ、そんな迷惑は」

「それは却下。朋君に何かあったら、無理言って君をこっちによこして貰った伊勢先生に顔向け出来ないし、俺達も嫌だからね。普段忙しぶってて使えない奴は、こういう時にこそ使わないと」

いや、それは本当に忙しいだけじゃないのか。そんな木佐への言葉は、かろうじて飲み込む。警視庁捜査一課と言えば、刑事の花形だ。既に今、事件にもなっていない話を聞いている暇があるのだろうかと、むしろいらぬ心配すらしてしまう。

「どうして言わなかった」

不意に隣から聞こえた、低い声。

シャツの胸ポケットから煙草を箱ごと取り出した成瀬が、だがそれを見て小さく舌を打ち手を止めた。そして、何故か力を込めて握りつぶす。軽くぐしゃりと音を立てるそれを、朋はまるで自分の心のようだと思いながら見つめた。

成瀬の顔を窺えば、鋭さだけを残し無表情に近くなっている。だが苛立ちが微かに窺えるその様子に、見つからぬようそっと溜息をついた。

「なーるせー。それは、後でやんな」

木佐の言葉にふんと鼻を鳴らし、成瀬が朋の方へ顎をしゃくってくる。

「こいつは、今日からうちに連れて帰る。お前はしばらく出張もないんだろ、直は連れて帰れよ」

「はっ!?」

突然の言葉に反論する間もなく、了解、と木佐が返す。

「じゃあ、送り迎えは先輩にお任せで。必要な時には声かけて貰うっつーことで。一応、櫻井君の家の巡回はやらせときます」

「頼む」

口を挟む間もあろうかという勢いで決まっていく話に、一人取り残されてしまった朋は、茫然と目の前の光景を見ているしかなかった。

◆◆◆

『なあ、坊主。お前が、かーちゃん刺したんだろう?』

耳元に蘇った声に、朋は声を上げる間もなくぱちりと目を開いた。遅れてびくりと身体が激しく震え、ようやく自分が寝ている間に身体を硬直させていたことに気がついた。

「……っそ」

今更な夢に、憎々しげに舌を打つ。今日飯田に会ったからだろうということは判っているが、久々に見た不愉快な夢に大きく息を吐き出した。

「誰がっ」

掌で額を押さえ吐き出された反論は、記憶の中の刑事に向けたものだ。誰が、好きこのんであんな思いをするものか。黙っているしか出来なかった昔を思い出すたび、諦めてはいても憤《いきどお》りに似た感情が蘇る。

「目が覚めたか?」

ふと真っ暗だった部屋の入口の扉が開き、光が差し込んでくる。そこに成瀬の姿を見つけた瞬間、ここが彼のマンションの部屋だということを思い出した。自分が寝ているのは、成瀬の家の寝室で……そしていつの間に寝てしまったのかは、覚えていない。

「あ、え?」

そういえば、自分でベッドに入った覚えもない。あれ、と焦る朋に、部屋に入って来た成瀬が呆れたように、手に持った大振りのマグカップを差し出してきた。

「ありがとうございます」

礼を言い受け取ったそれは、湯気の立った真っ白い牛乳だった。温められたカップを両手で包み口をつけると、ほのかな甘みが口の中に広がる。蜂蜜か何かを入れているらしい。牛乳に混じる甘さに、ささくれ立っていた神経を慰撫《いぶ》されるようでほっと息をついた。

「落ち着いたか？」

「あ、はい。すみません、俺寝ちゃいましたか」

「飯食ったら、片付けてる間にリビングのソファでな」

「す、すみません」

世話になっておきながら、手伝いもせずに寝てしまったらしい。成瀬がベッドに運んでくれたのだろうが、全く気づかなかった。居たたまれず顔を俯ければ、いいさというようにぽんぽんと頭を叩かれた。

軽く触れた掌に、驚きが勝り顔を上げる。事務所で見せていた怒りは今は感じられず、成瀬からとりあえず飲んでしまえと促された。

静かな部屋で、ゆっくりとカップを傾ける。やがて空になると、朋の手からカップを取り上げた成瀬がベッドの端へ腰を下ろした。ぎしり、と軽い振動とともに音が響き、自然と朋も布団を避けて座り直す。

「悪いが。俺は木佐と違って、こういうのを隠すのが苦手でな」

「え」

にわかに切り出された話に、成瀬の言葉の意味を考える。確かに、隠し事は木佐の方が得意だろう。あの笑顔で、大抵のことは躱《かわ》してしまう。ぼんやりと考え、けれど今の台詞《せりふ》はそういう意味ではないだろうと自身で否定する。

この状況で、朋に対し成瀬達が隠すとなれば一つしかないはずだ。

(多分、辞めてくれって言いたいんだろうな)

続けられる答えを予想して、自然と緊張に背筋が伸びた。もしかしたら、顔も強張っているかもしれない。諦めなければならないと判っていても、実際に告げられれば落胆するのは目に見えていた。

(やっぱり辞めなきゃ駄目かな……駄目だろうな)

色々と手配してくれてはいたが、事務所に被害が出る前に辞めて欲しいというところだろう。伊勢への義理で言い出しにくいだろうから、辞めた理由については朋が自ら辞めたと言えばすむことだ。でも、何故か素直にその言葉が出てはくれなかった。

そうして、ようやく気づく。

(俺、辞めたくないんだ)

以前、木佐の妹の話が出た時もそうだったが、事務所を辞めることに対していつの間にか寂しいと思うようになっていた。今まで自分がいた場所で、これ程執着した場所があっただろうか。ぼんやりと考え、なかったな、と思う。

（だって、みんな優しいから）

伊勢のところは、今まで一番安心出来る場所ではあった。だがあそこはあくまでも『避難場所』であり、朋自身がいたいと望んだ場所ではない。ただ、自身を傷つける者から遠ざかるために、提供された場所をありがたく借りていたに過ぎない。もちろん、あそこが嫌だったわけでもない。

けれど、ここは違うのだ。

過去に関係なく、朋自身を見てくれて、そして普通に接してくれる人達がいる。笑って、時には怒り、諭し。違うことは違うと、そしていいことはいいと言ってくれる。他の誰でもない、朋のためにそれをしてくれた人がいる場所。

居心地の好い場所に、いつの間にかなっていた。明け渡された場所が、本当に自然に作られていて。驚く程素直に、そこに身を置いていたのだ。

そして、それを自分の居場所だと判るように、朋に示してくれた人。

（そうか……）

目の前に座る成瀬をみて、思う。この人は、最初から自分に対して真っ向から言葉をかけてくれた。厳しさも、優しさも、同じ温度で与え続けてくれたのだ。

多分、自分はこの目の前の男に……惹《ひ》かれている。

他人に対して持つことを諦めた期待を、持ってしまっている。辞めたくないと思っているのは、成瀬の側にいたいからだと、ようやく自覚した。

初対面の印象が突飛《とっぴ》だったため、朋に警戒心をなくさせたのかもしれない。逆に木佐などには、最初から普通に接することが出来たものの……いつも境界はきっちりと感じていた。

だが、それを伝えることなど出来はしない事実にも気づき落胆を覚える。そもそもが男同士で、しかも朋は厄介事を抱えている身だ。弁護士は、ある意味評判と信用が命の商売でもある。そんなところに、これ以上の迷惑などかけられる道理もない。

判ってはいるが、素直に諦めることも出来ない。諦めることは、いつももっと簡単に出来るのに。そう思い軽く唇を噛み締めた。迷惑をかけているのは自分自身だ。そのことを考えれば、やはり成瀬に言わせるより自分から言った方がいいだろう。嫌がる心をねじ伏せ、無理矢理言葉を押し出した。

「俺、明日木佐先生にお願いして事務所を辞めます。もっと早くそうするべきだったのに、甘えてしまってすみませんでした。伊勢先生には、俺の都合で辞めさせて貰ったと説明しますか、ら……？」

何故か、成瀬の表情が次第に険悪になっていく気がして、語尾が上がり気味になってしまう。頭が痛いと言いたげな成瀬の様子に、あれ？　と目を瞬いた。

自覚した想いは奥底にしまい込み、成瀬に向かって頭を下げたのだが、それに対する反応は、朋が予想していたものとは違っていた。

「ちょっと待て」

片手で頭を抱えた成瀬が、こちらの言葉を止めるように空いた方の掌を向けてくる。何かおかしなことを言っただろうか。次の言葉を待てば、どうしてそうなるんだとぼやいた。

「そもそも、辞める必要がどこにある。お前を雇ったのは、伊勢先生の手前じゃねえぞ」

「は？」

「榛名一人に任せるわけにもいかねぇし、元々事務員を三人に増やそうって話はあったからな。この際、本腰入れて探してるって話は先生にした。けど幾ら義理とはいえ、使えねぇ奴をいつまでも雇っておく程、うちの事務所は裕福じゃねぇんだ」

「じゃあ」

「何で、とか聞くなよ。大体、普通辞めさせようと思ってる奴に、警察の知り合いわざわざ呼びつけて紹介するか」

「それは……やっぱり、二人とも弁護士ですし」

そういうこともあるのかと思った。けれど、返ってきたのは小馬鹿にしたような視線で、理不尽なそれにいささかむっとした。

「飯田も暇な奴じゃない。それでも、木佐が頼めば意地でも時間を空けてくる。滅多にないから、尚更な。それを木佐にさせた意味と、俺がここに連れて帰ってきた意味を考えてからものを言え」

そこまでお人好しな人間じゃないと言われ、朋は最早何も言えなくなってしまう。次々と告げられる言葉は、縁のないものばかりで何と答えていいのか判らなくなる。実際には簡単なことなのだが、パニック状態に陥《おちい》っている朋は気づかない。

(え、え?)

じゃあ、一体どういうつもりなのか。固まったまま目を逸らすどころか身動ぎすることすら忘れてしまった朋は、ごくりと息を呑んだ。

「で、だ。俺達が黙ってたのは、お前の事情だ」

「っ!」

けれど、続いた成瀬の言葉に、全身に冷水を浴びたような感覚に襲われる。

(事情って、まさか)

今の一瞬で冷や汗の浮かんだ拳を握り締める。何を、どこまで知っているのか。先程とは別の意味で身体に緊張が走り、表情を硬くした。

そんな朋をちらりと横目で見ると、成瀬はあえて淡々と説明し始める。

「お前がうちに来てしばらくして、少しばかり事情は聞いた。全部かどうかは知らねぇが、伊勢先生が話してもいいと判断した範囲内でな」

「いせ、せんせいが？」

「ああ。お前は、産休の奴の交代要員として紹介して貰ったからな。休んでるのが戻ってきたら、あっちに返す約束だった。だが……戻ってきた後もそのまま雇えないか、先生に頼んだんだ」

「え？」

その言葉に、どきりとする。辞めなくてもいいのだろうか。うっすらとした期待が、胸に芽生える。成瀬は朋に黙っていたことが気まずいのか、さりげなく視線を逸らしやや早口で続けた。

「最初はかなり渋ってらしてな。優秀な人材を手放すには惜しい、とおっしゃっていたがそれだけにしては様子がおかしかったんで……まあ、問い詰めた」

ぼそぼそと言われた内容と成瀬のバツの悪そうな顔を見て、唖然とする。

「問い詰めたって」

あの伊勢に対して、そんなことが出来る人物がいたのか。思わず緊張すら忘れ、茫然としてしまう。かくしゃくとした老年の弁護士は、貫禄《かんろく》から来る独特の厳しい雰囲気をも持ち合わせている。幼い頃から知っていても、話す時は背筋が伸びるような心地がするのに。

その時の様子を、見てみたかった。場にそぐわないことを、つい考えてしまう。

「お前のこと、孫みたいに可愛がってるらしいな」

何を思い出したのか、小さく笑いながらの言葉に、違いますよと苦笑した。確かに、可愛がってはくれているだろう。けれど、それは孫に対するような無心の愛情ではない。そこにある一番の理由は、哀れみや伊勢自身の内面にあるもっと別のもののはずだ。

気づけば、先程までの警戒が緩んでいた。知られてしまったことに衝撃は受けたが、成瀬の落ち着いた様子や朋に対する雰囲気は、今までと変わらないものだった。一番懸念していたことが杞憂《きゆう》ですみ、安心したのかもしれない。

知っている、と言った成瀬の表情。そこに、嫌悪や哀れみのような負の感情は見られなかった。隠しているのかもしれないが、少なくとも朋がそれを望んでいないということを判っているのだろう。その気持ちが、嬉しかった。

（いいのかな、話しても……）

今までと、変わらずにいてくれるだろうか。そう願いながら、そっと成瀬を窺う。ふと合った目が細められ、そこに朋を宥めるような優しさが潜《ひそ》んでいることに気づき、身体から力が抜けた。

絶対に、言いたくなかったわけではない。誰かに聞いて貰いたいという気持ちはいつもどこかにあった。けれどその後の反応を考えれば諦めるしかなく、事情を知っている伊勢がいるからと、自分を納得させていたのだ。

だから、朋が自ら過去のことを話すのは、これが初めてかもしれなかった。

「先生は、俺の事情を全部知ってる人です。だから、放っておけないんだと思います。厳しい方ですが、とても優しいですから」

伊勢なりの『理由』もあるけれど、根本的には優しい人だ。さすがにその『理由』については、口に出さなかった。けれど成瀬は何を思ったか、眉を寄せている。

「いや、あれは間違いなく爺の孫自慢だったぞ……」

小さく呟かれた声は、けれど朋には届かない。まあそれはいい、と成瀬は続けた。

「聞いたのは、お前の両親の話と、現在の母親の状況。それと、お前の昔の話ってところだ」

「多分、それでほとんど全部ですよ」

苦笑交じりでそう言った瞬間、成瀬の表情に何かが過《よぎ》る。だがすぐに消えたそれを視界に収めながら、朋はゆっくりと記憶を辿った。

「母親は、今も病院で眠っています」

そう告げ、いえ、と自身の言葉を否定した。厳密には違う。そう思い、震えそうになる声を抑え瞼を伏せた。

「眠っているはず……です。俺は、十二歳の頃に見たのが最後ですから、今どうしているかは知りません」

どういうことだと言いたげな成瀬に、本当です、と力なく笑ってみせる。

「叔父から、会うのを禁じられているので。入院先も知りません」

いいや、知ろうとしなかった、というのが正しいだろう。それを理由にして、眠っている母親の姿を見ることを避けているのだ。薄情ですよね、と自嘲した朋に、成瀬は言葉を挟まず沈黙で先を促した。

「父親は石井《いしい》製薬社長、石井恒久《いしいつねひさ》。認知はされていませんから、法的な繋がりはありません。前にも言いましたが……家庭のある人ですし」

そして母親は、八年前までは演技派女優として有名な人だった。海外の映画にも出演し、日本での評価も高かった彼女は、最も輝いていた時期に——眠りについた。

不倫の子だったとは、母親が眠りについた後に聞いた。認知もされておらず、だから戸籍上の父親もいない。

「母親の事件のことは……」

成瀬の言葉に、頷きながら先を続ける。

「石井の奥さんが、不倫に気づいた。あの時、おかしくなってたんだと思います。母親を刺して……俺を刺そうとして、でも母親に庇われた俺を結局刺せないまま逃げ出した」

母親は、その怪我が原因で意識不明のまま植物状態となった。そのままでどの程度生きられるかは判らないし、今現在目を覚ましているのかも知らない。朋のせいでそうなったのだと。自身の姉を誰よりも慕っていた叔父は、そう朋を責め決して会わせようとしなかった。

理不尽なことだと伊勢は憤慨《ふんがい》していた。母親が息子の命を救うためにしたそれが、朋のせいであるはずがない。頑《かたく》なな叔父に朋を母親に会わせるよう尽力はしてくれたが、朋自身が止めてくれと言ったのだ。

意識のない母親の姿を見れば、自分を責めずにはいられない。会いたくないわけではなく、姿を見たくはあった。だが既に、叔父からもそして――自分自身からも、責められることに疲れ切っていた。

事件を知った石井は、妻の犯罪を隠し、全てを切り離すことを決めた。石井にとっては幸いなことに、事件と石井を結びつける証拠は何もなかった。また、母親自身が石井との繋がりを隠すのに細心の注意を払っていたため、二人の関係どころか接点すら警察やマスコミは見つけることは出来なかった。

もちろん、人気女優の傷害事件とその子供の存在を隠すことは出来ず、一時大スキャンダルとなった。だが、結局犯人も不明のまま、子供の父親についても推測以上の名前は出ず、最後まで石井の名が出ることはなかった。

陰湿なファンの仕業《しわざ》ではないか、等々。憶測は乱れ飛び、けれど時の流れとともにそれも次第に消えていった。時間の流れの速い世界だ。次に大きい話題が出れば、自然と淘汰《とうた》されれ消えてしまう。

唯一、石井は、朋やその親族の口から自分達の関わりや事実が漏れることを恐れた。そして、意識の戻らない母親の治療費を負担することを条件に、決して互いの関係を明らかにしないこと、そして二度と関わらないことを要求してきた。

石井の妻は、目撃者がなかったことと凶器に指紋が残っていなかったこと、そして朋自身が何も言わなかったことで罪には問われなかった。朋以外の、唯一の被害者の身内である叔父の口は、治療費で塞がれた。

「回復の見込みがあるかも、判らない。入院費と治療費は膨大です。叔父は要求を呑むしかなかったし、俺が何か出来たわけでもない。むしろ、状況はもっと悪かった……そんな時に会ったのが、伊勢先生でした」

「犯人に疑われたって？」

気遣うような成瀬の言葉に、ええと答える。先程夢の中で出てきた刑事の顔を思い出し、嫌悪に顔を歪めた。けれど何故か心の中はひんやりと凪《な》いでいて、言葉が淡々と口から出るようだった。

「あの人が母親を刺した後、逃げ出す時に包丁を落としたんです。潔癖症の気があったらしくて、普段からいつも白い手袋をしていたそうです。だから、凶器に指紋は残っていなかった。俺は、母親に抱き込まれて庇われたまま動けなくて……身体が外れて手を突いた拍子に包丁の柄を握ってしまったんです」

「子供がやったか、大人の女がやったかくらい、刺し傷見りゃ判るだろう」

不快そうに眉を顰めた成瀬の声に、今はそう思いますけど、と溜息交じりに返した。

「さすがに、当時は子供でしたから。警察に連れて行かれて事情聴取……ってことにはなりませんでしたけど。でも話を聞きたいと連日来ていた刑事達は、どうにかして俺の犯行で収めたかったみたいです」

恐らく、捜査の行き詰まりのせいもあったのだろう。子供だから罪には問えないが、迷宮入りにはしたくない。日に日に厳しくなる追求とは逆に、朋は一切の感情をこそげ落としたように何も喋らなくなった。

刑事達の容赦のない怒声と、まるで暗示のような言葉。お前がやったんだろう、母親も正直に話すことを望んでるはずだ。幾度も、録音したテープを流し続けるようなそれは、しばらくの間朋の耳元から消えることはなかった。

そして、事細かに母親が刺された瞬間の様子を説明されるたび、目の前で消えていった体温を思い出したのだ。温かい血と、失われていく体温。正反対のそれが、思い出すたびにやけに滑稽な気がした。

『お、かあ……さん』

焦点も定まらず、食べ物も喉を通らず。やつれていく朋が当時発した言葉は、それだけだったらしい。その頃の記憶は既に曖昧で、しばらく後で伊勢から聞いた。

「言い聞かされると、本当に自分がやったような気になるんです。子供だったから尚更、何度も言われると、ついそんな気になってしまう」

馬鹿ですね、と自嘲する。ただ母親を呼んでいたことだけは、何となく覚えていた。

(僕が、やったのかな? お母さん、お母さん……?)

答える声もないのに、必死に呼び続けた。いつものように、迎えに来てくれる。それが、今は少し遅いだけなのだ。そう言い聞かせながら、ひたすら母親を呼び続けた。

突如、物凄い音が響き、反射的にびくっと身体が震えた。見れば枕元近くに座っていた成瀬が、拳を握り部屋の壁を殴ったらしいことに気づく。

どうして。そう思い、だがあることに気づき目を瞠る。表情は変わっていない。けれど、その瞳はぞっとする程剣呑な色を湛えているのだ。

(もしかして、怒ってくれているのかな)

虚空を睨みつける成瀬の瞳に、どうしてか恐ろしさは感じなかった。それが、自分のためのものだと判るからだろうか。むしろ、ひんやりとしていた胸の奥が温められた気がした。

いつの間にか詰めていた息を吐き、もう少しだからと、自身に言い聞かせる。

「その時、弁護を引き受けてくれたのが伊勢先生です。あの時伊勢先生に叱られなければ、多分俺は……母親を刺した子供になっていた」

それの社会的影響が、いかほどのものか。そして、その後の自身の人生にどれだけの影響を与えるか。当時の、子供の頭でそんなことを考えつくはずもなく、止めてくれた伊勢には感謝してもしきれない。

　壁に叩きつけられたまま、ぎゅっと何かを堪えるように成瀬の拳が握られる。それが、まるで朋の怒りと哀しみを代弁してくれているようで温かい。嬉しく思いながら、大丈夫だというように笑んでみせた。

「子供の頃のことです。あれで刑事が苦手になってしまったので、飯田さんには失礼なことをしましたけど」

「あれはいい。どうせ子供には怖がられて、毎回泣かせてるからな」

「――それは、俺が子供並ってことですか」

　その台詞には答えないまま、成瀬がさあなと肩を竦めた。雰囲気を軽くしようとする気遣いを感じ、合わせるよう笑ってみせる。だが、何かを吐き出すような長い嘆息の後、成瀬が朋の髪をくしゃりとかき回した。見ればそこには、仕方なさそうな、けれど包み込むような優しさを滲ませた成瀬の顔がある。困ったようにも見える複雑なそれを、茫然と見つめた。

「笑った顔は好きだがな。笑いたくない時にまで、無理矢理笑う必要もねぇよ」

　ぶっきらぼうとも思える口調。だがそれは、すとんと朋の中に落ちてきた。痛む傷を癒すように撫でられる。そんな心地に、思わず涙が滲みそうになってしまった。幼い頃以来、泣きたいと思ったのは何年ぶりだろう。唇を噛み締め、紛らわすようにそんなことを考える。

「恨んでるか？」

ぽつりと聞かれた言葉に、顔を上げる。

「恨んでませんよ、って言ったら信じますか？」

「さあな。随分出来た人間だとは思うが」

「さすがに、嘘くさいですね。正確には、どうにかしてやろうと思う程恨む気力もない、ってところです。当時は相手を恨む程、心の余裕もありませんでしたし。今は——そうですね、むしろ忘れたいです」

「そうか」

そして、ふとあることを思い出す。

「伊勢先生の事務所では、みんな事情は知りませんでしたが、理由ありだっていうのは知られていたので、よそよそしかったんです。中学からバイトさせて貰っていたので、そのせいもあると思いますが」

でも、と。

「今の事務所に来て、木佐先生や榛名さん……それに成瀬先生が普通に接してくれなかったら、多分、恨みたいのか忘れたいのかも判ってなかったと思います」

どこかすっきりとした気分で、そう言いながら微笑む。だが、何故かそれを見る成瀬の表情は浮かないものだった。

「……流された上に、そんなところで、んな顔されるとなぁ」

しかも、木佐と一緒かよ。がっくりと肩を落とした成瀬に、え？　と声を上げる。今の話で落ち込ませるようなことがあっただろうか。慌てて反芻するが、思い当たらない。

「まあ、とりあえずそれは後だ。で、そっちで動きがあるような心当たりは？」

ふと真面目な声で問われ、背筋を伸ばす。

「ありません、多分。少なくとも俺からは何のアクションも起こしていませんし、叔父は判りませんが……あちらとは関わっていないと思います。向こうから積極的に何かをしてくることは、考え難いです」

双方にとって、朋はある種の爆弾だ。事実を表沙汰《おもてざた》にすれば全員が傷を負う。そんな人間に、積極的に関わるような愚行《ぐこう》を起こすとは思えなかった。

「こういっちゃあ何だが——お前、よく無事だったな」

躊躇いながら言われた言葉は、朋自身思っていたことだ。けれどあちらも、人を一人傷つけるリスクと朋が黙っている可能性を天秤にかけた結果だろう。少なくとも、母親の命を繋ごうとしている間は。苦笑すれば、ふと背中に腕が回され抱き込まれた。

「な、成瀬先生!?」

「嫌か」

耳元で囁かれた真面目な声に、ぴたりと動きを止める。そうして恐怖よりも強い羞恥を隠したままふるふると首を横に振った。

事実、人肌は苦手であるのに、成瀬の体温は心地好いばかりで嫌悪はない。せいぜい、抱き込まれた一瞬、身体が本能的に拒絶を示す程度だ。

朋を抱いた、母の身体。温かかった体温が、急速に冷えて重くなっていくことの恐怖。途切れていく、言葉。人肌と大丈夫という言葉は、あの時から朋にとっての呪いとなった。

「でも、どうして……」

「判らないか？」

耳元に落ちる、低い声。どきどきと勝手に高鳴っていく胸をそのままに、何故か心細くなりぎゅっと成瀬の服を掴む。

「こないだ…どうして、あんなこと…」

ここに初めて来た夜、掠めるように奪われた唇の記憶。微かなそれは、けれど昔の記憶と同等の根深さで朋の中に埋もれていた。

「やっと聞いたな」

くっと笑いを漏らし、成瀬が腕に力を込める。口端を上げたその表情は、楽しげではあるものの、今までにはなかった獰猛《どうもう》さを孕んでいた。

「こないだ、誰からも必要ないって言われたら、とか言ってたな」

「……っあれ、は」

「俺が、必要だと言ってやる」

「つ！」

きっぱりと耳元で告げられた言葉に、反射的に身体を離す。突き放すように成瀬の胸に腕をつけば、反対にその手を捕《と》らえられた。獲物を捕獲するような、そんな鋭さを秘めた瞳。射竦められたように、身動きが出来なくなる。

わざとだろうか、視線は一瞬たりとも外れない。朋の手が、ゆっくりと成瀬の口元へと導かれる。

「……――っ」

瞳の色とはうらはらに、恭《うやうや》しささえ感じさせる仕草で指先に唇が落とされる。目を合わせたままのそれに、ぞくりと背筋が震えると同時に、一気に朋の鼓動が跳ね上がった。

指先に感じる温かな感触。最初は触れるだけだったそれが、やがて長く押しつけられ、そして湿ったものに変わっていく。指を絡めるように手をとられ、そのまま指先を辿るように舌を這わされた。ぴくりとも動けないまま、けれど鼓動だけはどんどん速くなり、息苦しさが増していく。そして、かり、と歯で軽く甘噛みされた瞬間びくりと肩が震えた。

(何……)

怖かったわけではない。感じたのは恐怖ではなく、今まで感じたことのない刺激だった。

身体中に、熱が籠もっているような感覚。耐えきれず緩く手を引き戻そうとすれば、顔を上げた成瀬に止められた。絡められていた指が、ぎゅっと握られる。

「誰が何と言おうと、俺がお前を必要としてやる——だから、側にいろ」

ふるり、と。首を横に振ったのは既に無意識だった。

「い、や……」

「嫌、じゃねぇだろ」

「嫌だ……だ、だって……」

息苦しさに、泣き出してしまいそうになる。それ以上は言わないでくれと、目で訴えた。

「俺、好きになっても仕方がないって……折角……」

諦めようとしたのに。泣き出しそうな、それでいて縋るような。そんな感情を無防備なまでに晒した表情で続けようとした言葉は、けれど重なった唇の中に消えた。

「——っん」

握った手に力が込められ、首筋が痛くなる程にのけぞったまま、深く唇が合わせられる。性急な激しさはないけれど、いつまでも離れないそれに呼吸が出来なくなり、空いた方の手で背中を叩いた。

「うー……っ」

重なった時と同じように、ゆっくりと顔が離れる。はあはあと肩で息をする朋に、成瀬が呆れたような声を出した。

「お前、鼻で息しろよ」

「……な、こと、言われてもっ」

大体が、口づけ自体が初めてなのだ。息苦しさからうっすらと涙の滲んだ瞳で、どうしていいのか判らないと告げる。すると、成瀬は何故かショックを受けたような表情を浮かべていた。愕然《がくぜん》とした、といえばいいのか。大げさなその表情に、馬鹿にされているような気がして、悪いですかと拗ねるように唇を尖らせた。

「――全くか」

何もかも初めてか、と問われ憮然としつつも頷く。そもそも人と関わるのが苦手で、まともにコミュニケーションが図れるようになったのも数年前だったのだ。

「昔は、ほんと……ちょっと触られただけでも駄目だったし」

だからそんな機会などなかった。その言葉に、衝撃から立ち直ったらしい成瀬が、ふっと微笑むように表情を緩めた。そうかと呟くその声と顔が、どことなく嬉しそうだと思うのは気のせいだろうか。

何気なく、唇に手をやる。意識してのことではなかったが、そこに濡れた感触を見つけた瞬間、唐突に朋は顔を真っ赤に染め上げた。

(な、何かやらし……っ)

まるで少女のような反応をしてしまったことがまた更なる羞恥を呼び、どうにも顔が上げられなくなってしまう。

「――お前、それわざとだったら凄ぇな」

「な……そんなわけがっ」

違うと反論しようとした途端、不意に、とん、と肩が押され身体が後ろへ傾いだ。

「え――」

ぽふん、と軽い音を立て身体がベッドに受け止められる。そして縫い止めるように、成瀬が覆い被さってきた。硬直しながら成瀬を見つめれば、怖がらなくてもいいと髪を優しく梳《す》かれた。

「今日のところは、気持ちいいことだけしてやる。最後までは……まあ、おいおいな」

「さ、最後？」

実際のところ、男同士で何をどうするかの知識など朋にはない。周囲で交わされる下ネタ話なども、あまり得意でもなく聞き流していた。

「今日は、大人しく寝てろってことだ」

「ん……」

ちゅ、と恥ずかしくなるような小さな音を立てて、宥めるようなキスが額に落とされる。額から瞼、そして頬と順に下がっていった口づけは、やがてゆっくりと再び唇に重なった。

ゆったりと幾度か軽く唇に触れた後、深く噛み合わせるように重ねられる。そうして弾みで小さく開いた唇に、そっと舌が差し入れられた。

舌を撫でるように動かされ、ぴくりと身体が震える。朋の腰を跨《また》ぐようにしてのしかかっている成瀬の身体に脚がぶつかり、慌てて布団へ戻した。

ゆっくりと、けれど執拗《しつよう》に。朋の舌を撫でていた成瀬が、やがて口腔《こうこう》のあちこちを舐《な》め始める。そうして舌が上顎の辺りを掠めた時、びくりと腰が震えた。

「んっ」

思わず上がった声と、跳ねた腰。そして徐々に溜まっていく熱。自分でもどうしていいか判らず、成瀬の服をぎゅっと掴んだ。困惑と、ふわふわとした感覚。同時に訪れたそれが、放り出されてしまうような心細さとなり、何かに縋っていなければ不安で仕方がなかった。

「舌、出せ」

少しだけ離された唇からそう告げられ、ぼんやりとしたまま舌を差し出す。成瀬の唇で挟まれ、歯で軽く固定するようにして舌で辿られる。冷たい空気と、湿った温かさ。そして口腔に舌が引き込まれていく感覚に、ああ、食べられていると場違いなことを考えた。

「んっ……？」

いつの間にか、キスの合間に身体を辿っていた手が、シャツの中へと入ってきていた。上に着ていたシャツをめくり上げられ、少しだけざらついた指先の感触が、脇腹を撫で上へと上がっていく。そして胸元を指先が掠めたと思った瞬間、先端を指で挟むように摘《つま》まれた。

「あっ！」

びり、と身体を走り抜けた刺激に、身体が震える。衝撃で外れた唇をそのままに、胸先にある成瀬の手を動かないように押さえつけた。

「気持ちよかったのか？」

くくっと耳元で笑う声は、楽しげだった。羞恥で、ぎゅっと目を閉じる。まさかそんなところで刺激を受けるとは思わず、ちょっと待って欲しいと言いたくなった。どくどくと、血が逆流するかと思うほど心臓の音が速い。

朋の手をそのままに、成瀬がそっと身体を離す。どうしたのかとぼんやり見ていれば、ぐい、と盛大にシャツが首元までたくし上げられた。だが、何故か頭上で小さな舌打ちの音が続く。

「え！　せ、せん……あ！」

先生、と制止しようとした声は、右の肩口に落とされた唇に止められる。場所を移して口づけられ、そこが怪我をしている部分だと気づいた時、優しさに胸が詰まった。

「……痛かったか？」

唇を外され問われるのに、声もなく首を横に振る。大丈夫、という答えは、けれど続いて胸元に落ちてきた湿った感触に、声にならないまま飲み込まれた。

先程摘まれた先端を、舌で押しつぶすように舐め上げられる。もう片方は空いた手で弄《いじ》られ、朋は成瀬の頭を剥《は》がそうと髪に指を埋めた。

けれど、濡れた音を響かせるそれは止まらない。舌と指先の感覚、そして皮膚に当たる無精髭の小さな刺激で、下半身の熱が更に増していく。やがて剥がそうとした指は、成瀬の髪に埋められたまま、ただ縋るように抱えるだけのものとなった。

「ん……、ふぁ……っ」

互いの息遣いと、衣擦《きぬず》れの音。そして、既に空気に晒されれば冷たく感じる程濡れそぼった、胸先を舐《ねぶ》る音。ぴちゃりと時折耳に届くそれらが感覚を更に増し、我慢できずに腰をもぞりと動かした。

ふ、と胸先で成瀬が小さく笑う気配がする。何を、と問おうとした言葉は、けれどすっと頭を下げた成瀬の動きに封じられた。

「あ！」

素早く、そして見事な手際で穿《は》いていたジーンズの前が寛げられる。一気に下着も下ろされ、朋の中心が成瀬の目の前に晒された。

「やだ……」

恥ずかしい。羞恥にシャツを引き下ろし隠そうとするが、長さが足りない。足を閉じようにも太股を成瀬の手に押さえられ、叶わなかった。

見ないで欲しい。黙ったままそこを見つめている、普段よりも熱い成瀬の視線に、腰に一層熱が籠もる。そして次の瞬間視界に映った光景に、朋は信じられないものを見たように目を見開いた。

「せ、せんせ……駄目、あぁ!!」

ぬるりと、勃《た》ち上がりかけていたものが、温かく湿った感触に包まれる。柔らかいそれが、朋のものを包み込み、そして刺激するように舐められた。成瀬が自分のものを咥えている。その光景は、朋に衝撃と、そして深い快感をもたらした。

「あ、あ、んぁ……んっ」

思わず、身体を上へ逃がそうとする。だが、両手で腰を固定され動けなかった。そして次第に深く、そして速くなる動きに、朋の嬌声《きょうせい》も止まらなくなる。

「ふ、あぁぁん!」

舌先で鈴口を刺激され、びくんと腰が跳ねた。縋るものもなく、無意識のうちに再び掴んでいた成瀬の髪の感触に、少しだけ安堵する。既に自らの意志とは関係なく、身体は快感を追おうとしていた。唇で愛撫されるそれに、更にねだるように腰を揺する。

「ん、ん……んぁ……あ、やん」

我慢しなければという考えは、どこかへいってしまっていた。ただ気持ちのいい感覚を追い続ける。成瀬の口腔が、朋のものを擦る。その水音が、部屋に響いた。次第に強くなっていく感覚に、成瀬の口で自慰をするように腰を揺らしていることにも気づかなかった。

「……――っ」

かり、と音がしたのは気のせいか。咥えられた先端に甘噛み程度の軽さで歯の先が当てられ擦られる。同時に、根本が強く擦られ朋の目の前が一瞬白くなった。

「あ、あ……――っ!!」

何が起こったか判らないまま、けれど次の瞬間感じたのは、奇妙な程の開放感だった。ねっとりと絡まるように溜まっていた腰の疼《うず》きが、なくなっていることに気づき愕然とする。

「え、俺……っ」

ごくり、と。信じられないような音を聞いた気がして、成瀬の方を見る。身体を起こし、親指で口元を拭うそこに、朋が吐き出したはずのものは見当たらない。

(まさか、そんな)

「の、の……呑ん……」

「ああ？　ああ、これか？」

衝撃に、言葉さえ失ってしまう。だが成瀬はそんな朋に、わざとらしく指先を見せさらりと返してくる。その指先についた、濡れたもの。それが、今し方自分自身が吐き出したものだと気づいた瞬間、憤死しそうになった。

「何だ、気持ちよくなかったか？」

挙げ句の果てにけろっとした顔でそんなことを聞いてくる成瀬を、ぎっと睨みつける。

「そんなわけあるか……っ！」

あまりのことに敬語すら忘れそう叫んだ朋に、目を丸くした成瀬が身体の上に倒れ込んできた。丁度肩口に顔を埋めた格好になりその表情が見えなくなった途端、再び朋は焦ったように成瀬の下から抜け出そうともがいた。

「……っく」

けれど、耳元に届いたほんの小さな笑い声と、朋の身体をぎゅっと抱き締めた成瀬の震えに気づき動きを止めた。小刻みに震える、この感触。気づくと同時に、表情がみるみるうちにむっとしたものに変わっていった。

「――何で、笑ってんですか」

「いや、お前……っく……」

止まらなくなった笑いに涙まで浮かべているらしい成瀬に、じろりと一瞥を投げ、退いて下さいと腕をつく。

（むかつく……っ）

こっちは初めてなんだから、そんなに笑わなくったっていいじゃないか。馬鹿にされてしまった気がして、久々に感情をコントロール出来ないまま、絡みつく成瀬の身体を離そうと身動ぐ。けれどそんな朋の動きを意に介した様子もなく、ひょいと手首を取ると導くように下方へと下ろした。

「……っ」

「一緒だろ？」

顔中を真っ赤に染め、驚きにぱっと手を離したのは、導かれた先が成瀬の下肢だったからだ。部屋着なのだろうジーンズの中で存在を主張していたそれは、痛みすら感じるのではないのかと思う程はりつめていた。

「お、同じの……した方が、いい、ですか？」

躊躇いつつもそう聞いたのは、さすがに同性だけあってそれの辛さが判るのと……やはり成瀬のことが好きだからだ。恥ずかしさばかり先に立ってしまうが、好きな相手でなければ、これ程素直に気持ちいいと感じたりはしないだろう。

すると、じわりと喜びを滲ませた、けれどそれ以上に困ったような顔をした成瀬が、じゃあと耳元で囁いた。

「手で、出来るか」

呟かれたそれに、多分……と返す。

そして、おずおずともう一度成瀬のジーンズに手をやりボタンを外す。緊張に震える手をどうにか押さえ、ジーンズを寛げると下着を下ろした。

「あ……」

ちらりと下を見れば、視界に成瀬の勃起したものが映り、思わず不安そうな……けれど甘さの混じった声を上げてしまう。お互いのそれを重ね、まとめて握るように掌を導かれると、その上に成瀬の手が重なった。

熱く脈打つそれに、唐突に愛しさを感じそろりと手を動かした。

「そう……そうやって、動かしてろ」

時折、成瀬の手が朋の手ごと握ったまま力を加えてくる。その刺激と擦り合わされる固いものに、一度放ったはずの朋自身も再び力を取り戻していた。

「は……っん、んんっ」

上がりそうになる声を抑えようと唇を噛めば、掬《すく》い上げられるように正面から口づけられ声ごと飲み込まれた。解かれた唇に、成瀬のそれが食《は》む程に深く重ねられる。口腔を、宥めるように——けれど支配するように、舌が蹂躙《じゅうりん》する。身体の力が入らなくなり不安定さを感じていれば、くたりと全身から力が抜けた。

成瀬の口づけは心地好く、気持ちよさと安心感があった。一瞬離れてはまた重ねられ……を繰り返し、互いの舌が水音を立てる頃、朋は羞恥すら忘れ舌と手の感覚だけを追っていた。

心と身体、その両方が気持ちのいいもので満たされている。初めて感じる幸せな充溢《じゅういつ》感に溺れてしまうように、考えることを放棄していた。

「んぅ……は、ん……っ」

微妙な強さで下肢を擦る力を加減され、焦《じ》れったさに腰を捩る。思わず上げてしまった不満そうな声に、成瀬の唇が、朋のそれと触れ合ったまま笑みの形を刻んだ。

その余裕が悔しい。けれど初めて素直に出すであろう朋の感情に揺らぎをみせない頼もしさが、嬉しかった。唇を解き、成瀬の首筋に顔を埋める。ひたりとした汗の感触と、そこに混じる微かな煙草の匂い。それが、朋の中の快感を更に刺激した。

「あ、やん……も、っと」

強い刺激が欲しい。言葉にはならないまま、けれど訴えるように身体全体を成瀬に擦りつける。もっと深く、身体が溶け合うように混ざってしまえばいいのに。そんなことを考えながら、互いの中心を握った手に僅かに力を込めた。徐々に動きの激しくなる手を、朋がというより成瀬に動かされながら、腰を揺らめかせる。

「あ……まだ、やっ……」

「っ、もう少、し……っ」

切羽詰まった声を上げた朋の耳元に、押し殺したような成瀬の声と荒い息が届く。その声を聞いた瞬間、あっと声を上げ朋の身体が跳ねた。

「や、やだ……いっ、い……ん……――っ!!」

「っ……!」

唐突に襲ってきたそれに、朋の腰が成瀬のそれに擦りつけるように動く。それに煽られたように、成瀬の掌が絞るように動き、二人はほぼ同時に放埒《ほうらつ》を迎えた。濡れた感触が、掌と身体の間に広がる。

肩で息をする朋はベッドへ沈み込み、ここしばらくの間の心労と疲労からぐったりと目を閉じた。それでも成瀬の身体を離したくはなくて、指先を絡めて手を握った。

「せん……せ」

まだ、眠りたくない。そう思いながら成瀬を呼べば、うっすらと開いた瞼から見える成瀬が、何か物言いたげな顔をしていた。悪いことをしてしまった後のような、そんなバツの悪そうな表情を、ぼんやりと見る。

「……それは、さすがに止めさせなきゃな。まあいい、今はそのまま寝ちまえ」

そう言って瞼に落とされた柔らかいキスに身を委《ゆだ》ねながら、嫌だ、とぎゅっと手を握る。

「まだ、嫌……」

もっと、と。ほとんど意識を睡魔に奪われながら、そう呟く。その声に、成瀬が言葉を詰まらせたのと、するりと朋の意識が闇の中へ落ちていったのは同時だった。

「くっそ、覚えてろよ」

溜息交じりに呟かれた成瀬の悔しげな声は、もう朋の耳には届いていない。そして満たされた気分のまま、心地好い眠りに身を委ねた。

◆　◆　◆

——とにかく、恥ずかしい。

今の心境を一言で表すなら、それが最も的確だろう。何より、成瀬の顔をまともに見ることが出来ない。自然挙動不審になる朋を、木佐と榛名がやや呆れたような表情で見つめていた。

「…………わっかりやす」

ぼそり、と呟いたのは榛名だ。それをまあまあと宥めながら、けれど木佐も同じ思いを抱いているのは面白がっているような表情から判る。何がですか、とはとても聞き返せるものではない。そうすれば、気づきたくない現実が一瞬で目の前に晒されるからだ。

(何で、昨日の今日でばれてんだ……っ)

心の中の呟きは、あくまでも心の中に止めておく。さすがに、毎日顔を合わせる人達に知られるのは恥ずかしく、黙っていようと決めたのに。そして、やる気のなさそうな成瀬にもあれ程念を押したのに。そう思いながら、深々と溜息をついた。

実際には、朝から甘やかすような成瀬の態度と、それに嫌な顔すらしない朋の様子から一目瞭然だったのだがという言葉が、木佐と榛名の胸に収められている。

成瀬が、何気なく朋の髪や頬に触れるのは当たり前。怪我をしている手で重い物は持たせないなど、朋に対して過保護ともいえる態度をとっている。その上、直が朋に張りついていれば、抱き上げて引き剥がす独占欲ぶりだった。

「まあ、二人とも落ち着いてくれるのはいいことだけどね。とりあえず、問題は片付いてないからくれぐれも気をつけて、朋君」

「はい……ご迷惑をおかけして、すみません」

しゅんとして改めて頭を下げれば、榛名がいやねと照れたように言った。

「実は、余計な告げ口して怒られるかなーってちょっと覚悟してたの」

「いえ、本当だったら自分から言わなきゃいけなかったのに……」

本来ならば、標的が朋だろうと判ってはいても、万が一のことを考えて木佐達に報告することは必要だったのだ。自分はともかく、榛名にまで何か起こる可能性が、全くなかったわけではない。そこまでの考えに至らなかったことを詫びれば、木佐がもうその話はおしまいという風に肩を竦めた。

「一応、外出時は護衛が見守ってくれてるから、外出厳禁にはしないけど。しばらく外回りは亜紀ちゃんに頼んだ方がいいかな」

「はーい、元々そのつもりだったので大丈夫です」

「でも……」

それでは申し訳ない上に、万が一榛名に何かあった場合はと続けようとして一蹴《いっしゅう》された。

「まあ、ざっと聞いたところじゃ朋君個人狙いみたいだし。私にはさほど危険はないんじゃないかな。実際、電話も私とかが出るとすかさず切っちゃうみたいだし」

「そういうこと。まあ、ちゃんと亜紀ちゃんが出かける時も護衛は頼んでるから、それは心配しなくていいよ」

木佐の言葉に、それならばと少しだけ安堵しながら頭を下げた。

「――判りました。ありがとうございます」

「飯田も、それらしい話がなかったかこっそり身辺洗ってみるそうだから」

その言葉だけで、成瀬と同じだけの話を木佐も聞いているのだと知り頷く。具体的な名が出てこなかったのは、榛名がいるからだろう。

「全く、世の中暇な人間がいるものね。そんな労力があるなら、もうちょっと有意義なことに使えばいいのに」

ぶつぶつとぼやく榛名の言葉は、やはり朋のことを心配してのものだろう。そんな気配を自然と受け取れるようになった自分に驚き、また嬉しくもあった。少し前の朋ならば、心配であるという受け取り方はしなかった……いや、気遣われていることにすら気づかなかったかもしれない。

「ああ、そういえばあの空き缶は朋君？」

唐突な木佐の問いに、一瞬何のことだか判らず戸惑う。だがすぐに、昨日直のために置いた空き缶のことだと思い至った。

「あ、はい。邪魔でしたか？」

「いや、別に。あのベランダ使ってないし。それが、昨日からあれが物凄く気に入ったみたいで、帰りも窓からなかなか離れなくてね。今日もいい具合に雨だったから、あそこに籠もってじっと見てるよ」

「あ、そうなんですか？」

その言葉に、自然と笑みが浮かぶ。

あまり物に執着を見せない直が気に入ったというのなら、かなりのものだ。そんな何かを教えてあげられたのが嬉しく、また、昔の思い出が少しだけ報われたような気がした。

「もう一つ、置いてきてもいいですか？」

「ああ、いいよ。多分給湯室にまだ空き缶があったはずだよ……でも、あれ見ると思い出すんだよねぇ」

しみじみとしたそれに、木佐にも何か思い出があるのだろうかと考える。

「何をですか？」

「雨漏り」

言いながら目の前に指を立てられ、は？　と自然と眉が寄る。

「雨漏りしてるところに、バケツとか置いてるでしょう。小さい頃、あれが羨ましかったことがあってね。一回自分の家で、やってみたいと思ってたんだ」

「……――はあ」

嬉々《きき》として語られるそれに、何と返したものかと肩を落とす。今現在、朋が住んでいる古いアパートでは、大雨の日に必ず雨漏りがする。そんなことを話せば、木佐のことだ、行ってみたいとも言いだしかねず口を噤んだ。

(家も立派そうだしな)

恐らく、雨漏りのする家になど住んだこともないだろう。

「子供の頃、あれをやるのが習慣みたいなものだったんです。入れ物によって音が変わるって教えて貰ってからは、色々と試してました」

朋が産まれた頃はまだ無名の女優だった母親も、その数年後に出演したドラマで一躍注目を集めるようになった。事務所の方針で朋の存在は隠されていたため、仕事がたて込むたび叔父の家に預けられていた。けれど姉が産んだといえど、朋は不倫の子に変わりがない。当時は理由を知らなかったが、叔父に嫌われていることだけは判り、部屋の片隅に放置されたままそれを作り雨を待って過ごしたのだ。それが、朋の唯一の遊びだった。

『ほら、こうすれば音が変わるだろ?』

ふっと、今までとは違う過去の記憶が過る。ずっと思い出さなかったそれは、朋に雨の音の遊び方を教えてくれた人のものだ。懐かしい。そう思っていれば、木佐が続けた。

「解決するまで出かけられない間は、直と遊んでやって。多分あれの母親が帰ってきたら驚くだろうね」

「いつ、お戻りに？」

「うん、向こうでちょっと用事が出来たらしくてね。予定より長引くらしくて、あと一ヶ月半ってとこ……ああ、そうか。朋君が来てそろそろ一ヶ月か」

早いねぇと呟かれたそれに頷く。そして、そういえばそうかと改めて思った。

カチャッと扉が開く音がし、執務室から成瀬が姿を現した。のんびり話している木佐の姿を見つけると、途端に不機嫌な様子を見せる。

「おい、木佐。お前いつまでさぼってるつもりだ。さっさと仕事しろ」

言いながら、朋の方へと何気なく差し出された書類を受け取る。すると、こちらへ視線を移した成瀬がふっと目元を和ませた。仕事中にかけている眼鏡の奥で、瞳に浮かんだ甘やかすような優しさに、顔を見ていられずに俯いてしまう。

「朋。それ、コピー二部頼むな」

さらりと呼び捨てにされ、一瞬動きを止める。思わず上げそうになった声は、だが背後にいる榛名と木佐の気配に押し止められた。羞恥に赤くなってしまっているだろうことは、頬の熱さからも自覚している。顔を上げられないまま、頷き返した。

「は、い……」

相変わらず格好はだらしがなく、無精髭姿ではあるものの、きびきびと仕事をしている成瀬の姿にここに来た頃の怠惰《たいだ》な気配はない。頼むな、と。微笑みながらとどめのように朋の髪をくしゃりとかき回し、執務室へ再び姿を消した。

「……あれ、誰」

うんざりしたような木佐の小さな声が、恐らくその場にいた全員の気持ちだっただろう。

◆◆◆

朋が、成瀬の部屋に寝泊まりするようになって一週間。

一人での外出もせず事務所にとどまっている朋の周囲は、ひとまず危険は去ったかのように落ち着きを取り戻していた。

あれから、朋と名を呼んでくるようになった成瀬以外は、さほど変わらない。

いや、唯一変わったことと言えば……——。

『……や、そこやだ……ッ』

昨夜、自身が吐き出した言葉が脳裏に蘇り、慌てて追い払う。

お互いに気持ちを伝えてから、キスは毎日。そして身体を重ねる行為もほぼ、毎日だった。

といっても、まだ今はお互いのものを慰め合っているだけで、成瀬に言わせれば先があるらしい。それもまた、その時に教えて貰えばいいとのんきに考えられるようになったのは、成瀬のおかげだ。

成瀬は、目の前の幸福を完全には信じ切れないでいる朋に、何度も覚え込ませるように毎日身体に触れてきた。もう朋の身体で成瀬が見ていないところなど、ないだろうという程に。

（恥ずかしい……）

思い出すんじゃなかった。赤くなりそうな顔を掌で扇《あお》ぎながら思う。

昨夜はいつになく身体を触る成瀬の手がしつこく、一人でひたすらいかされ続けた。身体中を――それこそ比喩でないくらいあちこちを這う、濡れた舌の感触まで思い出しそうになってしまい、ぶるぶると首を振る。蘇ったぞくりとした感覚に、今度こそ頬が熱くなってしまう。

「仕事中、仕事中」

榛名が外回りに行っている最中でよかった。察しのいいあの女性は朋の表情一つで、からかいの種を見つけ出してしまうだろう。

「あれ？」

かつん、と事務所の入口の方で音がした気がして、そちらを見る。今は全員出払っており、事務所の中は沈黙に包まれていた。気のせいにしてはやけにはっきりとした音に席を立った。

そっと入口の扉を開く。だが、そこに人影はない。このビルには幾つか会社やテナントが入っているが、このフロアは木佐の事務所だけだ。静まり返った廊下をきょろきょろと確認し、やっぱり気のせいだったかと扉を閉めようとした。

「ん？」

かさりと扉に何かが引っかかり、下を向く。見れば、扉の下に紙が挟まれていたらしく、屈んで取り上げる。何の変哲もない封筒。紙が入っており、何かの広告かとその場で抜き出す。

「……ッ……」

息を吸い込めば、喉が奇妙な音を立てた。驚きに目を見開いた朋は、そこから微動だに出来なくなる。手の中にあるものを凝視し、そしてそれを持つ手は微かに震えていた。

入っていたのは、一枚の写真。それだけだった。

だが、そこに写っている人物。成瀬と——老年の男性。二人がいる部屋とは別の場所から撮影されたらしきそれは、窓の外から撮られたのだろう。隠し撮りだ、とは判るものの、だからといって写し出されている風景が変わるものでもない。

「成瀬先生……？」

信じたくない光景がそこには写し出されており、朋はどうしてとそればかりを心の中で繰り返していた。

成瀬と一緒に写っている人物。それは、ここ数年、正確には八年以上顔も見ていない男だった。

「石井」

朋の、戸籍上では関係ないものの、実父である人。母親と自分を切り捨て、そして自らを護った男だ。もう関係のない人間だとは思っていても、実際にこうやって顔を見てしまえば、憤りや悲しみが捨て切れていないのだと判る。

「くっ」

ぐしゃりと写真が音を立てた。掌に爪が食い込みそうな程強く握り締め、漏れる声を抑えるように唇を噛み締める。一番疑いたくない——いや、一番信じたい人を疑わなければならないそのことに、嫌悪で吐き気がするようだった。眉間に皺を寄せ、もう一度心の中でどうする、と繰り返した。

成瀬に、聞いてみようか。

多分それが一番いいのだろう。朋を必要だと言ってくれたあの人を信じて、真っ向から聞いてみる。それが、最善の策のはずだ。

(でも、もし)

金のために、側にいるのだと判ったら。そのことが、怖くて仕方がなかった。初めて、心ごと自分を預けられる人に出会えたと思ったのに。

こんなことは前にもあった。信頼していた人が、味方だと思っていた人が、実は実父から金と引き替えに朋の監視を請け負っていると知った時。行動を、見張られていたのだと。

(それでも、あの人の監視はもうずっと前に終わっていたのに)

それなのに、何故今更成瀬を。一番大切な人を、身勝手な利害関係に巻き込むのか。

「母さんが……俺が、何をしたっていうんだ！」

呻くように吐き出す。こちらからは何もしていない。ただ平穏に暮らしていただけだ。それなのに、向こうはこうして一つ一つ朋から居場所を取り上げていくのだ。

ふ、とかかってきた電話に顔を上げる。そこでようやく時間が経っていることに気づき、一度ゆっくりと深呼吸をすると慌てて受話器を取った。

「はい、木佐法律事務所でございます」

震えそうになる声を抑え、いつもの通りに事務所名を告げる。けれど帰ってきた沈黙に、一瞬で嫌な予感が駆け抜けた。机の上の写真を、本能的に握り締める。

『……こそこそ、隠れやがって』

ぼそぼそとした声に、やはり、と背筋を強張らせる。久々にかかってきた電話と、朋に見せつけるように事務所の前に置かれた写真。恐らく電話の主が置いたものだろうと思いつつ、そんな因果関係を妙に冷静に考えている自分に気づいた。

先程の写真の衝撃で、正体不明の犯人に対する恐怖は消え去っていた。成瀬に全てを話し、受け入れて貰ったことも大きかっただろう。今の朋にとって怖いのは、自分を狙ってくる人間ではなく……成瀬の方だった。

今、最も朋を傷つけることが出来るのは、恐らく成瀬だろう。

ここで逃げても、また同じことの繰り返しだ。そう思い、受話器を握る手に力を込めた。

「どなたですか」

『知りたいか？』

勿体ぶったその言葉に、知りたいものかと言い返しそうになる。ぐっと堪え先を待った。

『写真、見たか？』

やや楽しげになった声に、やはりと眉を顰める。

「どうして、あんな……」

『あいつが何者か、教えてやろうか』

朋の言葉を遮るように続けられた声に、朋の口がぴたりと止まる。

聞きたい。けれど、それが挑発だと判っているため素直に頷くことが出来ない。こんな方法をとってくる相手が、本当のことを言うわけがないと判っていても。それでも頷きそうになってしまう自分自身が嫌になり、悔しさから口元を歪めた。

「……どういうことだ」

ともすれば怒鳴りつけそうになってしまう自分を抑えながら、堪えきれず低く問う。朋の様子が変わったことが伝わったのだろう、愉快げな男の笑い声が届いた。

『教えてやるよ、てめえの周りが、裏切り者ばっかだってことをな！』

「なっ」

何を知ってる。驚愕に目を見開きそう告げようとした朋の声は、だが男の笑い声に遮られる。ひゃははは、と楽しげに笑う男の声は、けれど次第に抑えたような笑いになりやがて言葉が続いた。

『明日の早朝五時、弁護士野郎の家の近くにある児童公園に一人で来い……そしたら教えてやるよ。本人に聞いたって無駄だぜ。本当のことなんざ、言うわけがねえ』

「明日……」

そして、ふと面白いことを思いついた、という声で男が続けた。

『来なかったら、そうだな。今度からターゲットを事務所全体にしてやる。仲間も揃えて、無差別にな。弁護士センセーは信用が第一だろう？　子供もいるから、やりやすいぜ』

「……っ」

息を呑んだ朋に、男は楽しげにじゃあなと通話を切った。

「誰が――」

朋の行動を把握しているということは、恐らく見張られているのだろう。成瀬の家が知られてしまっているのは大丈夫だろうかと不安を抱えながら、受話器を見つめた。

そして、自分が未だ成瀬のことを信じたいと思っていることに気づく。

『てめえの周りは、裏切り者ばっかりだってことをな』

同時に、告げられた言葉が頭の中で響いた。成瀬が、本当に裏切るというのか。あの人の要求に応えたというのだろうか。

「まさか……」

優しく、愛おしいという風に触れてくれるあの手が。

側にいることを許してくれた――そして、必要だと言ってくれたあの人が。

「そんなわけ、ないじゃないか」

呟きは、途方に暮れた子供のような響きを帯びていた。

もし、朋に対して向けられた言葉が全て嘘だったら。朋の手を取り全てを受け入れてくれたことが、単に成瀬にとって手段でしかなかったとしたら。そんな嫌な考えが渦巻《うずま》きそうになり、だが成瀬が朋を包み込む時の優しい感触が蘇る。

「違うって言ってよ……」

不安に押しつぶされそうになりながら、写真を握り締める。

そして、そんな様子を離れた場所からじっと静かに見つめている存在があることに、朋は気づくことも出来なかった。

◆　◆　◆

首筋に、微かな息がかかる。規則正しい呼吸音は成瀬のもので、朋の身体を腕の中に抱き込むようにして眠りに落ちていた。

重なる胸から、とくとくと心臓の音が流れてくる。

先程まで、この肌に触れていたのだと、そっとパジャマの上から指で触れた。肌から伝わる温かさは、ここ数日ですっかり馴染んだものとなった。ベッドの上で身体を重ねた後、成瀬は必ずこうして朋を抱き締めるようにして眠りにつく。それが癖なのかどうかは判らない。だが、力強い腕に引き止められるようにされるその仕草が、実はとても好きだった。離せばどこかへ行ってしまうといった風情に、必要とされているようで、少しだけ気持ちが温かくなるのだ。

（あったかい……）

ふっと、幸せな気分になり微笑む。

冷たい人肌は、嫌いだった。あの事件以降、朋にとっての人肌は冷たくなるものだという印象が拭いきれず、こうして成瀬におとなしく抱きしめられているようになるまで、身体が拒絶を示していた。けれど今はその反応もほとんどなく、成瀬に抱かれても全く逃げなくなっていた。

目を閉じて、するりと心地好い猫のように成瀬の身体に頬を寄せる。

成瀬のところへ来てから、朋は寝室のこのベッド以外の場所で眠ったことがない。直を預かるためか、木佐が時折来るといっていたからか、元々客用布団は一組あったらしい。けれど、それが出されることはなかった。

あれから成瀬が戻ってくるのを事務所で待ち、直と三人で家に戻ってきた。本当ならば、直は木佐のところへ行くはずだった。だが、朋が帰る際、直がなかなか朋から離れようとしなかったため、一緒に連れ帰ってきたのだ。

結局、事務所で見た写真のことは成瀬に言えないまま、朋の胸の中に収めている。写真は、朋の鞄の中に押し込まれていた。

顔を見てしまえば、どうしても疑いたくない気持ちの方が勝ってしまう。何度も相談しようと思いはしたけれど、だが結局聞くことが出来なかった。

『先生……せん、せ……も、とっ』

数時間前までの自身の媚態《びたい》を思い出し、一人で羞恥に声を詰まらせてしまう。昨夜は直がいるため、成瀬も手を出してこようとはしなかった。けれど、電話の男と対峙《たいじ》する前にどうしても成瀬に触れて欲しいという衝動に駆られ、自分からねだるように口づけを仕掛けたのだ。いつもより声を抑えながらの行為は、朋の反応を更に顕著《けんちょ》なものにした。

そして、それ以上に朋の身体を敏感にしたのは、切迫感と成瀬への信じたいという気持ちだ。声を抑えるのも辛く、最後の方は涙交じりに掌で自身の口を塞いでいた程だった。

『朋……お前』

そんな朋に、時折成瀬は何かを言いかけていた。だが、そのたびに朋が唇を寄せ言葉を止めた。一緒に向けられる、物言いたげな、けれどそれだけではない何かを探るような視線にも気づかぬふりをして、ただひたすら成瀬との行為に溺れ続けたのだ。

そうやって成瀬に身体を委ねて、朋は自分の中に一つの結論を出した。

成瀬ならば、裏切られてもいい、と。

そんなことは関係なく、朋が成瀬を好きなのだ。側にいていいと言われている間は、側にいたい。必要だと言ってくれた言葉が嘘だとしても、成瀬が朋に与えてくれた優しさまでが嘘になるわけではないのだと。

たとえそれが、成瀬自身が望んで与えてくれたものではないのだとしても。受け取った朋は救われたのだから、それでいい。

信頼している人は他にもいた。だが、裏切られてもいいと思ったのは成瀬だけだ。

そして、朝。カーテンの間から外を見れば、まだ陽が昇っていないのか、外は暗闇に包まれているようだった。ここ数日降り続いている雨で、空が曇っているせいもあるかもしれない。

(そろそろ、行かないと)

自身を鼓舞《こぶ》するように心の中で呟きながら、ちらりと間近にある成瀬の顔を見つめた。

「ありがとう、ございます」

微かな声は、音にならないまま成瀬の唇へと流し込まれる。触れるか触れないかで離れた朋の唇は、ひどく幸せそうな笑みを刻んでいた。

起こさないようにゆっくりと腕から抜け出し、ベッドを降りる。物音を立てないように服を持って寝室を後にし、急いで服を着替えると外へ出た。

夏に近づき始める時期ではあるが、明け方はまだ薄暗さに包まれている。思った以上の気温の低さに身震いしながら成瀬のマンションを後にして、目的の公園を目指した。

場所は、仕事中にインターネットで調べた。

徒歩五分程で着いたそこは、最近の公園にしては珍しく、広さと自然を兼ね備えていた。周囲を見回しながら入れば、遊具が並べられた場所が視界に入る。そしてその滑り台の近くに立つ、一人の男に気づいた。

年齢は、朋より幾つか上だろうか。金色になる程に色を抜いた髪は、無造作に固められ立てられている。耳につけたピアスと革のジャケットという、ある意味どこにでもいる柄の悪そうな男に、朋はゆっくりと近づいていった。

「よく来たな」

小馬鹿にしたような笑いを含んだ声は、朋が逃げ出すと思っていたことを示唆《しさ》していた。黙ったまま男の前に立った朋は、誰だ、と呟いた。

「何のつもりで、あんなことをしていた。それに、どうしてあの人の写真を」

一言ずつ噛み締めるように、殊更ゆっくりと言う。すると、朋の反応が予想外だったのか、男が鼻白んだように顔を歪めた。感情を素直に表す様子に、木佐の言葉は正解だったのかとぼんやり思う。

（幼稚、か……歳は上みたいだけど。考えてることが表に出てる）

あの一言でそこまで見抜いた木佐を凄いというべきか、目の前の男を判りやすいというべきか。こんな場で妙に冷静に状況を分析している自分に気づく。

目の前の男を怖いとは思わなかった。ただ、朋を傷つけようとする悪意が形になっただけだ。むしろ、とても判りやすくなったと言ってもいい。

それに、と。身体の奥に残る気怠い疲れに、表には出さないままそっと笑む。ついさっきまで成瀬に触れられていた感触が、何故か一人ではないような心強さを与えていた。

黙ったままの朋が怖がっていると思ったのか、男が気を取り直したように口端を上げる。自分の絶対の優位を確信している顔。実際のところ、もみ合いになった場合に勝つ自信はない。

だが、多分目の前の男は朋を本気で殺そうと思っているわけではない。どちらかといえば、そんな度胸はなさそうに見える。かっとなれば後先考えず行動するタイプだが、今は単に、自分がいたぶることで傷つき怯える朋の姿が見たいだけだろう。

有り体《あてい》に言えば、八つ当たり。そんな雰囲気が窺えた。

「まあいい、教えてやるよ。っつーか、お前が素直に殺されてりゃ話は簡単だったんだがな」

「……素直に殺される馬鹿が、どこにいる」

「ははっ！　お前も大概しぶといよな。さすが、盗人《ぬすっと》女の子供だけはある」

「――ッ」

その一言で、朋は正面に立つ男の正体を悟った。

「お前、石井の……」

「石井勇大《ゆうだい》。てめえの母親に、滅茶苦茶に踏みにじられた家の長男だ」

石井の長男。今の今まで、すっかりその存在を忘れてしまっていた。確か、朋よりも六歳程年上の異母兄弟がいるとは聞いたことがあった。だが興味もなく、またそれを聞いたのも母親が刺された後に一度だけだったから、記憶に残っていなかったのだ。

最後の一言に籠もった恨みに、朋の身体が反射的に一歩下がる。だが同時に憤りを感じ、勇大を睨みつけていた。確かに、石井と関係を持ったのは朋の母親だ。けれど、一方的に被害者然とした態度をとられる謂《い》われもない。こちらとて、被害者なのだ。

ぎり、と拳を握り締めて昂《たか》ぶりそうになる感情を抑える。ここで朋がかっとすれば、事態は収拾するどころか、更に悪くなる。だが、表情が剣呑なものになっていくのは抑えられなかった。掌に食い込む爪の痛みすら、さほど感じない。

「お前の母親ならともかく――お前にそれを言われる筋合いはない」

そもそも、切り捨てられたのは朋達の方だ。朋の母親のことで心を痛めた正妻ならばまだ責める権利もあるだろう。だが、両親に揃って育てられた男に恨まれる覚えはない。

「は、さすが親子だ。人に責任擦《なす》りつけるのは、いっちょまえってわけだ。そうやって、てめえの母親殺しの罪までうちの母親に擦りつけやがったのか……っ」

「……――は」

勇大の怒鳴り声に、だが朋は一瞬前までの憤りすら忘れそうになりながら、思わずぽかんと見つめてしまった。こいつは、一体何を言っているのか。

「あれは……」

実際、お前の母親がやったことだし、俺の母親は死んではいない。そう続けようとするものの、今言っても火に油を注ぐだけだろうと口を噤む。代わりに、どうしてそんな話になっているのかと眉を顰めた。擦りつけるもなにも、石井の正妻は罪にも問われていないし、被疑者となったわけでもない。

そんな朋の様子で反論出来ないとみたのか、勇大は誇らしげに笑った。

「ふん、言い返せなくて当然だな。――まあいい、それはそれできっちり償わせてやる」

そして、にっと嫌な笑みの形に口元を歪めた勇大が、朋に近づき顔を覗き込んでくる。

「お前、あの弁護士野郎に惚れてるんだろう？」

後退りそうになった足が、ぴたりと止まる。どうして、という声はかろうじて抑えた。だが顔に浮かんだ驚きは、隠しきれなかったらしい。朋の表情を見た勇大が、得意げにつらつらと話し始めた。

「家を張ってる時に見たんだよ、てめえとあいつがキスしてやがるとこをな」

その言葉に、背筋を冷や汗が流れ落ちる。ここで動揺してもつけ込まれるだけだ。そう言い聞かせながら、必死で平静を保つ。拳をぎゅっと握り込み震えを無理矢理抑え込んだ。

(見られてた……)

自身の迂闊《うかつ》さを呪い、舌を打ちそうになる。自分はまだいい、だが成瀬の弱みを握られたことが悔しかった。そしてその原因となってしまったことが。

「気持ちわりいんだよ、野郎同士でな！　っつーか、まあそれも遺伝ってやつか？　気持ちよくしてくれりゃあ誰にでも脚開く、ああ、親子だもんなぁ！　あの弁護士の皮被った変態野郎も同類か!?」

あはははは！　と楽しげに笑う声。瞬間、朋の中で何かが切れるような音がした。目の前に立つ勇大を、ぎっと睨みつける。

「煩《うるさ》い……っ!!」

「ん？」

「煩い！　黙れっ!!　お前に、あの人や母さんを貶す権利はない!!」

突如怒鳴った朋に、勇大が目を眇める。怒りのあまり拳を震わせる姿に、けっと面白くなさそうに吐き捨てた。

「あいつ、タダでお前を相手にしてると思ってんのか。おめでたい奴だな」

「……――」

にっと笑った勇大は、再び朋の顔を覗き込むように身を屈めてきた。勇大が指しているのは、あの写真のことだろう。そんなこと判っている、と怒鳴り返そうとする。だが。

「あいつの父親はぁ、うちの、顧問弁護士デース」

「……え」

あまりに軽く告げられた予想外の言葉に、一瞬絶句する。

「あいつは、昔っから父親の事務所でバイトしてて、ウチにも出入りしてたんだよ。弁護士になったばっかの頃は、ウチの顧問弁護士もやってだ。つまりは、ウチの人間、ってことだ」

「……う、そ」

「嘘だと思うか？ それからお前の面倒を見てる伊勢もな、うちの親父から援助を受けてあの事務所やってんだぜ？ 援助の条件が、お前の身辺を見張ることだった、ってわけだ。余計なことをしないようにな」

得意満面に続けられた言葉は、けれど全て朋の耳を上滑りする。ただ茫然と、虚空《こくう》を見つめた。成瀬が、石井の……。

以前成瀬に、実家が法律事務所なのかと聞いた時の様子が脳裏に蘇る。あの時、成瀬は怖い程真剣な表情でこちらを見ていなかったか。

（もしかして、あれも？）

ばれたと思ったのだろうか。だが、成瀬は朋の事情を伊勢から聞いたと言っていた。

（どれが、本当……？）

判らない。自身の考えを否定するように、首を激しく横に振る。そもそもの発端は、どこからだったのか。そして、成瀬はどうして自分の手を取ったのか。

最初から――朋が事務所を訪れた時点で、全て、知っていたということだったのだろうか。信じたいと、思った。裏切られてもいいとすら。だが突然告げられた話はあまりにも予想を超えていて、固めた足場がぐらつくような不安定さを感じてしまう。そしてまた、それでもいいと結論を出したのに、不安になってしまう自分が許せなかった。

悔しい。何よりも、自分自身の心の弱さが。顔を歪め、唇に血が滲む程噛み締める。

「残念だったなぁ？　味方が出来たと思ったんだろう？　けど、あいつもお前を見張るために伊勢のところから引き取ったに過ぎないってことだ」

朋の様子に、ますます楽しげになった勇大は、あの写真もな、と続けた。

「ちょっと前に、あいつがウチに来て父親に会ってってたんだよ。そん時のもんだ。そこには写ってねぇけど、金も持ってたぜ？　あいつ」

「っ！」

その言葉に、ぐっと息を呑む。激しい落胆と、信じたくないという気持ち。実際に聞いてしまえば、感じられずにいられないそれらがない交ぜになって、朋の胸に渦巻いた。

（でも、それでも……）

成瀬の顔を思い出し、それでも、ともう一度自身に言い聞かせるように心の中で呟く。

「可哀相《かわいそう》な奴だよなぁ、お前。いっそ産まれてこなきゃよかったな。お前の周りにいる奴は、全員お前の見張りなんだよ。いくら金目当てでも、ガキの相手なんかやらされてあいつも可哀相になぁ……!!」

「黙れっ！」

それ以上は聞きたくない。やめろ！　と睨みつけながら声を上げれば、その声が勇大を刺激したのか剣呑な表情になる。

「お前さえいなきゃ、うちの母親もおかしくなることはなかったんだ。お前が産まれてあのクソ親父が引き取るなんざほざかなかったら！」

「……なっ」

勇大の言葉に、何のことだ、と問い返す。

（石井が引き取る？　……誰を？）

茫然としていれば、勇大は更に朋を詰《なじ》るように声を荒げた。

「全部、お前のせいなんだよ！　てめえの母親が刺されたのも、今になって、俺が会社を継げないのも……！　てめえがいなけりゃ!!」

次第に激しくなる口調とともに、勇大の腕が勢いよく上がる。そこに、きらりと光るナイ

フを見つけた瞬間、思わずその場で凍り付いたように固まった。

ぱっと浮かんだのは、八年前の情景。勇大の姿に、髪を振り乱した女の姿が重なる。脳裏にこびりついていた必死の形相までもが重なり、身動きがとれなくなる。危ない、と頭では判っていてもそこから目が離せなかった。高く響く女の怒声が、耳元に蘇る。

『あんたがいなきゃ……!!』

「……――ッ!!」

目前まで襲ってきた刃先に、反射的に固く目を閉じた。駄目だ、と思った瞬間、けれど襲ってくるはずの衝撃はこず、そろそろと目を開く。

「――なるせ、せんせ?」

視界に入った背中に、信じられない気持ちで呟く。朋を背に庇うように勇大の前に立ち、ぎりぎりと力を込めナイフを持った腕を止めていた成瀬は、「離れろ！」と振り返らないまま朋を怒鳴りつけた。だが足が竦んで動けない朋に、ちっと舌打ちする。

「離せよ、邪魔すんな……っ!!」

叫びながら、勇大が闇雲《やみくも》に暴れる。同時にナイフを持つ手も不安定に揺れ、朋は成瀬の背後に立ち尽くしたまま息を呑んだ。刃先が成瀬に当たりそうになるたび緊張に身体が強張る。

やがて腕を掴んだままの成瀬が、すっと動き、腹に膝を叩き込む。その衝撃に呻いた勇大が、掴まれた腕を思い切り振り払い、数歩後退った。

「く……っそ！　てめぇ!!」

再びナイフを持ち替えた勇大が、勢いよく成瀬に突進する。避けるため身体を逃がそうとした成瀬は、だがそこで何故かぴたりと動きを止めた。

「先生!?」

朋が声を上げるのと、勇大が成瀬にナイフを向けて突っ込むのは同時だった。

がっと、ぎりぎりでナイフを避け勇大の身体を受け止める。瞬間、成瀬が顔を顰めるのが映った。ナイフを持った勇大の手首を掴むと、今度は素早く背後にねじり上げる。

「いっ……痛ぇ！　離せ、離せよ!!」

カランとナイフが地面に落ちる音。それに、成瀬が勇大を睨みつけたまま「飯田！」と怒鳴る声が重なる。その声に、思わず「え？」と声を上げた。いつの間に、飯田に連絡したのか。驚いていれば、勇大が公園の入口を見て声を上げた。

「何っ!?」

驚いたのは、勇大も同じだったようだ。入口から走り込んできた飯田は、素早く成瀬に駆け寄ると、勇大の腕を掴み引き取った。そして、かしゃんと乾いた音が公園内に響き渡る。

それが手錠の音だと気づいたのは、しばらく後のことだ。

「櫻井君、怪我は？」

「ありま、せん」

勇大を押さえつけたまま振り返った飯田の声に、立ち尽くしたまま答える。押し出された声はどこか上の空で、朋は飯田の横に立つ成瀬から視線を外せずにいた。

（成瀬先生……）

目の前に立つ成瀬の姿に、だが、どうしてという言葉が声にならない。何故ここにいるのか。そして、勇大の言葉は本当だったのか。色々な疑問が脳裏を駆け巡り、結局は「あ……」という言葉にもならない声が押し出されただけだった。

今にも射殺《いころ》しそうな視線で、暴れている勇大を睨みつけている成瀬の姿。だがその姿に、唐突に安堵を感じた。助かったのだと実感した身体から、一気に力が抜けていく。

「っと、おい！　観念しろ！　じゃあ先輩。こいつはしょっ引きますんであとはお願いします」

「うるせえ！　やめろ、退けよ!!」

悪態をつきながら暴れる勇大を押さえつけ、飯田が成瀬に声をかける。さすがに手慣れているのか、幾ら勇大が暴れようが飯田はびくともしない。そして成瀬は、一向に表情を緩めないまま、飯田の声に頷いた。

「悪かったな朝っぱらから。そいつ、さっさと連れて行ってくれ」

「あー、先輩。こいつ殺したそーな顔してますもんね。はいはいっと。この件は、貸し一つでいいですよ。あと、さっさと病院行って下さい。じゃあ……おら！　うるせえぞ、いい加減黙れ！」

「くっそ、てめえ！　覚えてろよ‼」

陳腐《ちんぷ》な捨て台詞を残し、おら歩け、と公園の外へ引き立てられて行く勇大の姿を見送る。

そうして、ゆっくりと成瀬の方へと視線を移した。

だがその瞬間、ぎょっとして目を瞠り息を呑んだ。先程まで成瀬自身の身体に隠れ見えなかったが、左腕には真っ赤な血が滲んでいた。長袖のシャツに染み込んだそれは、腕を伝うように指先まで続いている。

「せんせ……血、が」

呼吸が止まりそうになり、ひゅっと喉が嫌な音を立てる。呟きながら、かたかたと歯の根が合わない程身体が震え始めるのが判った。

恐らく、さっきナイフを避けた時に傷つけられたのだろう。唐突に動きを止めた、不自然な成瀬の動作。あれは、もしかすると背後で動けずにいた自分を庇ったのではないか。

（また、俺のせいで……）

大切な人が、傷ついてしまった。震える脚をどうにか動かしながら、成瀬に近づく。二の腕につけられた傷から流れる血を、必死に服の上から押さえた。怪我を手当てするためではなく、まるで子供が零れる水を塞ぐようなその動作。成瀬が痛ましげな色を浮かべ、すっと目を細めた。

「たいした傷じゃねえよ」

やんわりと手を押しのけられそうになり、嫌だと首を横に振る。自身の手が小刻みに震えており、傷を塞ぐことすら出来ていないのも見えていない。くしゃりと涙を浮かべながら、頑是《がんぜ》ない子供のように小さく唸り声を上げる。

傷口の上に掌をあて必死に押さえようとする、その動作。それは、八年前に朋が母親にしていたのと全く同じものだった。

(嫌だ……いや……)

大切な人が、自分を庇って傷ついてしまう。それは、朋が最も恐れていたことだ。自分の身体が傷つくならいい。でも、これ以上大切な人が……成瀬が……。

「病院……誰、か」

混乱のただ中にいる朋の目の前にあるのは、過去が重なった現在の光景だった。

母親と同じように、大好きな人が目の前で傷ついてしまった、その事実。

刃物の傷と、流れ出る赤い血。

止まらないそれは、命を零すもの……――。

過去の情景が、不意に揺らぐ。真っ赤に染まった自分の手と、止まらない血。ぐらぐらとする頭にあるのは、ただ、早く止まってくれという言葉だけだった。

くらりと、視界が揺れる。一気に頭から血が下がるような気配とともに、身体ががくんと揺れた。視界に広がった血が消え、ぐるりと景色が回る。

（お願いだから……）

「……ねが、い……」

「おい!?」

お願いだから、この人を……連れて行かないで。

焦ったような成瀬の声を聞きながら、朋の意識は唐突に暗転した。

◆◆◆

『大丈夫よ……大丈夫』

何も、心配しなくてもいいのよ。そう朋に告げた声は、血の中に沈んでいった。

もう、大切な人を失いたくはない。誰からもいらないと言われたからこそ……自分にとって大切な人には、生きていて欲しい。

「お願いだから……連れて行かないで」

急速に意識が上昇する気配とともに、ゆっくりと目を開きながらそう呟く。すると、ぼやけた視界の中で何かの影が動いた。

「あ、気がついたかい？」

声と同時に目の前に現れた、木佐の笑顔。一瞬、ここはどこだと瞬《またた》いた。木佐の背後に見える煌々《こうこう》と光るルームライト。その形状に見覚えがあると思った時、木佐が続けた。

「朋君、倒れたのは覚えてるかな」

「たおれ……な、成瀬先生は!?」

首を傾け、だが次の瞬間先程起こったことが一気に脳裏を駆け抜ける。最後に見た怪我をした成瀬の姿に、がばっと起き上がり木佐のシャツを掴んだ。恐らく、必死の形相だったのだろう。ぎゅっと木佐のシャツを掴んだ手を、ぽんぽんと宥めるように叩かれ、大丈夫と安心させるような微笑みを返された。

「さっき、追い出して病院行かせたところ。大丈夫だよ、傷はたいしたことなさそうだったからすぐに戻ってくる」

やんわりと告げられ、安堵にほっと息をつく。思わず掴んでいた木佐のシャツを、慌てて離した。珍しくスーツの上着を脱いでいた木佐の、綺麗にアイロンがかけられている薄いブルーのシャツに皺が寄っているのを見て、ごめんなさいと眉を下げた。

「あはは、こんなの気にしなくていいのに」

笑いながらそう告げる木佐に、もう一度すみませんと謝り、辺りを見回す。見慣れた光景は成瀬の部屋のリビングで、朋はソファに寝かされていた。十分に広さのあるスリーシータのそれは、軽く脚を曲げる程度で身体が収まってしまう。

ソファから足を下ろし、前を向いて座り直す。身体にかけられていた上掛けは、畳んで脇へと置いた。どうやら木佐は、正面のソファに座って朋の目が覚めるのを待っていたらしい。ソファテーブルの上に置かれた書類に、仕事をしていたのだろうことが判った。

(そうか、もうすぐ仕事の時間だ)

時計を見れば、針は既に九時を指そうとしている。もう大丈夫だから、仕事に行って貰おう。そう思いながら木佐の方を見れば、軽くソファが揺れ朋の隣に腰を下ろしてきた。

どうしたのだろうか。ぼんやりと見ていれば、微笑んだ木佐がそっと朋の方へと指を伸ばしてくる。優しく頬が拭われ、自分が夢を見て泣いていたのだと知った。

「あ……」

恥ずかしさに俯き慌てて頬を擦る。くすりと笑った木佐が、おおよそのことは聞いたよと静かに言った。

「向こうの息子だったたって?」

「ええ……あの、木佐先生は」

「何?」

問い返されたそれに、尋ねようとした言葉は喉の奥に引っかかってしまった。成瀬の父親のことを、知っているか。そう問おうとして、確実に知っているのだろうなと肩を落とした。昔からの友人なのだ、知らないわけがない。

「成瀬の実家のこと、だろう？」

判ってるよといった口調にびくりと反応し、けれど事実ではあったため頷く。

「まあねぇ。あそこの息子に何聞かされたかは、朋君見ればだーいたい想像出来るけど。多分それ、色々間違ってるから真に受けないようにね」

「え？」

さらりと言われた言葉にどういう意味だろうと逡巡すれば、木佐があのね、と告げた。

「あいつの父親が石井の顧問弁護士やってるとか、その辺だろう？　で、あいつも昔そこにいて今もそのために働いてる、とか言われたりした？　君のお目付役ってとこで」

「……木佐先生、見てたんじゃないですか？」

あまりに的確なそれに、思わず胡散《うさん》くさげに眉を顰めてしまう。だがそれに対して返されたのは、木佐のいつもの読めない笑顔と、ありがとうという意味不明な言葉だった。にこりと笑った顔に、朋はいつものように溜息をつく。

「まず、事実と事実じゃないことを。あいつの父親が石井の顧問弁護士をやっている。それは事実。そして、あいつ自身弁護士に成り立ての頃に父親の事務所で働いていて、その一環として石井の顧問弁護士をやってたこともある。これも事実……っていうかまあ、あいつ司法修習が父親の事務所だったからね。それ入れて、二年ちょっとってところじゃないかな」

学生の頃は無理矢理バイトさせられてたらしいから、それも入れたらもう少し長いかな。

そう、指折り数えながら教えられた事実に、じゃあ何が違っているのかと思う。

「事実じゃないのは、今のあいつについて。確かに親の仕事は相変わらずだけど、あいつはそれが嫌で、八年も前にあそこを飛び出したんだからね」

「……え？」

八年前。その言葉に、どきりとして目を見開く。

（偶然？　でも）

告げられたその年数に、驚きと困惑から木佐に縋るような目を向けてしまう。そんな朋を安心させるように微笑み、だがその瞳の奥に楽しげな色を宿したまま、木佐が続けた。

「まだあいつが弁護士になる前に、ある子に出会って。でも八年前、その子が辛い目にあってる時、あいつはその子の力になるどころか、真逆のことをしないといけない立場にいた」

そこで一度言葉を切った木佐は、少しだけ懐かしそうな表情で続けた。

「その時に、自分はこんなことをするために弁護士になったんじゃない、って思ったらしくてね。それがきっかけで、勘当同然で父親の事務所を出てきたんだよ」

ちなみに、俺はあいつが辞める少し前に事務所を立ち上げたばっかりで、とにかく人手が欲しくてね。丁度いいから引き込んだって次第です。そう締めくくった木佐に、だが朋は不安を隠せず視線を落とした。

「でも……」

木佐の言葉の所々に疑問は残っていたが、それよりも先にずっと燻っていた疑問を消してしまいたかった。勇大から渡された、あの写真。

不安を露にしたままそれを告げた朋に、木佐はあれは簡単だよとあっさりと返した。

「確かに、伊勢先生のところからウチに君を引き取った時、石井の下にいる成瀬の父親から連絡があったんだ。内容は……まあ判ってると思うけど、朋君の動向について。だから、その場面は本当だろうね。でも話してる内容は、向こうが提示してきた条件を断ってるものだよ?」

「え?」

内容までは写真に写せないから、誤解しても仕方がないけど。そう言いながら、あとは本人に聞くといいよと肩を竦めた。そして少しだけ表情を改めた木佐は、どうもね、と続けた。

「あっちもこのところ、会社の後継者問題でばたばたしてたらしいよ。石井も確か六十歳過ぎてるはずだし、次の跡継のことを考えてた矢先、息子が一人で暴走したって感じだったらしいけど……まあ、詳しいことは飯田からまた連絡が入ると思うから」

それに判りましたと頷くと、木佐が朋の頭を軽く撫でた。その感触に、思わず木佐の顔を見上げれば、そこには手つきと同じく優しい表情があった。

「まあ、信じられないことも多いと思うけど、あれのことを信用してやってくれると、腐れ縁の俺としては嬉しい。あれ程弁護士向きの人間は、いないからね」

その言葉に、何かを手渡されたような、不思議な感覚に襲われる。自分にとっての成瀬というだけではなく……成瀬にとっての、自分。朋が成瀬を信じることが、成瀬にとって必要だと言われているような、そんな都合のいい解釈をしてしまいそうになる。

「木佐先生」

どこか頼りない表情に、木佐がふっと優しく目を細めた。

「それから。あいつに、投げてた人生を拾わせてくれて、ありがとう」

「……え」

判らなきゃ、それでいいよ。そう告げた木佐は、それ以上何を言うこともなく、やがて戻ってきた成瀬と入れ替わるように直をつれて帰って行った。

「もう、大丈夫か」

「……はい。すみません、ご迷惑をおかけして」

成瀬の言葉に項垂《うなだ》れるようにしてそう告げれば、部屋には再び沈黙が戻った。

成瀬が病院から戻り、木佐が部屋を去って既に十分程は経っただろうか。二人でソファに並んで座り、押し黙ったまま時計の刻む微かな音だけを聞いていた。ようやく交わした言葉も、答えを返せば途切れてしまう。重苦しい沈黙に、朋がゆっくりと息を吐いた。

(こうしてても、仕方がない)

そう思いながら、成瀬に向かってもう一度頭を下げる。

「怪我までさせてしまって……本当に、すみません」

肩を落とした朋に、成瀬が長く嘆息する。胸につかえたものを吐き出すようなそれの後、淡々と、肝が冷えたと漏らした。

「え?」

「朝、目が覚めて。お前が腕の中にいなかった時……正直、焦った。昨夜から様子が変だったからな。一旦落ち着いたら聞き出そうと思っていた、その矢先だ」

わざと感情を抑えているような声は、妙に平坦だった。

成瀬が目覚めたのは、丁度朋が部屋を出た直後だったらしい。朋の姿が消えていることが判り、ベッドの温かさからさほど遠くに行っていないと判断した成瀬が、探しに出ようとした。だがその直後、行き先と目的が意外なところから教えられた。

「直……?」

「ああ。お前が、あの馬鹿息子から受け取った写真を、直が引っ張り出したんだ。公園、ってな」

直は、昨日事務所で朋の様子がおかしくなるのを見ていたらしい。そういえば、事務所のパソコンで地図を見て公園の位置を探している時、部屋から出てきて横で大人しく座っていた。まさか、それを見て覚えていたとは。驚きに、目を見開いた。

「それがどうしてかは判らなくても、お前の様子がおかしいのは判ったんだろ」

そして、再び溜息が聞こえる。それが、憤りを堪えるものだったのだと判ったのは、微かに吐き出す息が震えていることに気づいたからだ。成瀬を見れば、虚空を睨みつけるようにしている。怒っている、とそう思った。

「どうして一人で行った」

「それ、は」

正面から切り込むような声に、ふいと目を逸らした。直や、事務所のことを引き合いに出されたから。だがその言葉は、結局喉からは出なかった。それが言い訳だということが判っていたからだ。成瀬への疑いを否定することが出来なかったのは、朋の弱さだ。

(謝っても、許しては貰えないだろうな)

写真に惑わされ、結果、あそこに行った。それは、成瀬のことを信用していないと言ったも同然なのだから。

(それに――)

疑ったことは、事実なのだ。朋が、それでもいいと思っていたとしても。

ただ、このことで嫌われてしまうかもしれない、ということだけは辛かった。相手にしていられないと、愛想を尽かされてしまったら、朋はまた一人になってしまう。一度温かさを知ってしまっただけに、それは余計に重くのし掛かってくる。

何と言っていいか判らず俯いて唇を噛めば、どこか疲れたような溜息が聞こえた。

「俺は、そんなに頼りねぇか」

「違っ……！」

否定しようとした言葉は、だが成瀬の声にかき消された。

「違わねえだろうが！　大体てめえは命狙われてたって、判ってるのか!?　そのくせ、一人でほいほい出ていきやがって……!!」

ばん、と拳でテーブルを叩く音に身を竦ませる。けれど、成瀬の怒りにつられるように頭に血が上った朋は、感情を抑えることすら放棄して「じゃあ！」と声を荒げた。

「俺は、どうすればよかった!? 向こうは先生の家も知ってたし、今度は事務所や直にまで手を出してきそうだった! いつまでも隠れてたって、問題は解決しない。これ以上、先生達に迷惑はかけたくなかった。もうこれ以上、自分のせいで誰かが傷つくのは見たくないんだ……！　それなら、俺が傷ついた方がよっぽどいい！　だから……っ」

一息にそう怒鳴り、思わず詰まった声に咳き込んでしまう。じわりと涙の浮かんだ瞳で、身体の奥から湧き上がる哀しみに顔を歪めた。

肩で息をしながら、興奮に昂ぶった心臓を押さえるように胸元を手で握る。そして、やっぱり――と無意識のうちに呟いていた。

「俺は、みんなを不幸にするんだって……産まれてこなきゃよかったって！　もうそう思われるのも言われるのも、嫌なんだ……っ」

「朋！」

ぐいと力任せに腕を引かれ、勢いよく頬が成瀬の胸にぶつかる。唸りながら離せともがくが、抱き込む力は強く離れない。

「うー……っ」

しばらく続いた攻防は、だが、もがくことに疲れた朋が力を抜いたことで終わった。代わりのように、どん、と成瀬の胸を拳で叩く。

「……もう、やだよ。俺のせいで、誰かが傷つくのは」

力ない声は、唯一の朋の真実だ。

「母さんの怪我も、俺を庇ったからだった。石井の奥さんは、はじめから俺を狙ってた。……だから、それを知った時石井は言ったよ。お前はとんだ疫病神だって。あいつも、母さんのことは好きだったらしいけど……きっと、子供はいらなかったんだ」

ぎゅっと強くなる腕の力に、ぼんやりとした視界のまま虚空を見つめて、幼い頃の記憶を辿る。

「叔父さんも……あの人は、本当に母さんのことが好きだったから、不倫で産まれた俺のことも嫌ってた。だから尚更、取り乱し方は半端じゃなかった」

『お前が産まれてさえこなきゃ、あんな目に遭わずにすんだんだ!!』

「そう言って、そう、言いながら……」

息苦しさが増し、首元に手をあてる。ある日、病院から帰ってきた叔父が、朋の部屋にやってきた。普段にはない剣呑な気配にたじろげば、叔父は物凄い形相で朋の首に……指をかけてきたのだ。

その日、一時的に母親の心臓が止まったのだそうだ。ぎりぎりで叔父が手の力を緩めたため殺されずにすんだが、それを知った伊勢が朋を引き取ってくれた。そして、伊勢が叔父と話をした後でそのことを聞かされたのだ。

朋の背に回された手に、一層力が込められる。痛いくらいのそれを、痛いとは思わなかった。「くそっ!」と、憤るようにそう吐き捨てた成瀬の声に少しだけ安堵する。

「みんなに憎まれて……俺がいなきゃ、誰もが幸せになれたって言われて。どんな顔をして生きていればいい?」

「やめろ、朋」

腕の力と声で言葉を遮られながら、宥めるように髪に唇が落とされる。温かい感触とともに、もういいからと囁かれるが、嫌だというように首を横に振った。溢《あふ》れ出した言葉は、自分でも止める方法が判らない。

「そう言わなかったのは、伊勢先生だけだった。でもあの人も、最初の頃……今の事務所を建てた頃は、石井から援助の代わりに俺の行動を監視する役目を負わされていた」

「お前、それ……」

驚いたような成瀬の声に、ああ、知っていたのかと思う。

元々伊勢も、石井に雇われた弁護士だった。あるトラブルで経営状態が悪化し、前の事務所が閉鎖に追い込まれた。そこに、石井から援助を持ちかけられたようだった。そして引き替えに、警察に連日事情を聞かれている朋の元へ向かわされたらしい。朋が、余計なことを喋ってしまわないように警察を遠ざけ、そしてその後の朋の動向を監視するために。

朋が成人するまでは、財産管理も伊勢が行っていたため、本当に全てを伊勢に知られていたと言ってもいい。

「知ってたよ。伊勢先生が自分から言ったわけじゃないけど、偶然電話してるのを聞いたんだ。もう高校に入ってたから、何を言っているかは大体理解出来た」

当初伊勢は、石井の妻が犯した罪を知らされていなかったらしい。ただ朋の母親と石井の関係だけを聞かされ、石井の名が出ぬよう動いていただけだった。が、数年後に何かの拍子で事実を知った。朋が電話での話を聞いたのは、そんな時のことだった。

伊勢は、真相を明らかにしようとした。だが結局、石井の妻が精神を病み、まともに罪を償えるか定かではない状態にあることと、朋の母親に対する治療費の問題、そして叔父から放っておいてくれと拒絶されたことで、実現はしなかった。

感謝はしている。恩も感じている。けれどあの時思ったのは、ああこの人もかと、ただそれだけだった。それでも、朋に対して親身になってくれた、それだけは本当だったからそれでもよかったのだ。

「伊勢先生は、いい意味で俺とは他人だ。援助分の返済は何年か前にすんでるはずだし、今のあの人は多分昔の罪悪感と好意で色々と面倒を見てくれてるんだと思う。でも、それだけで十分。あの人がいて、俺は確かに助かったから」

でも、と。そこにいる存在を確かめるように、成瀬のシャツを握る。

「成瀬先生は違う。これであなたに何かあったら……今度こそ、俺は自分の存在が許せなくなる……！」

ぼろりと、眦《まなじり》から零れ落ちた涙はあっという間に朋の頬を濡らしていく。夢を見て泣いていたことは幾度かあるが、止められない程に涙を流したのはいつ以来だろうと、固く目を閉じた。

「……や、だ。大事な人が……離れていくの、は……もっ」

しゃくり上げ、止まらない涙を自分でも持て余しながら、それでも声を上げる。次々に流れ落ちる涙をそのままに泣きじゃくりながら、成瀬の温かい身体に縋りつくようにして顔を寄せた。

まるで子供のように泣き続ける朋の背中を撫で、辛抱強く宥めていた成瀬が、朋の顎に指

をかけ上を向かせる。

「……うー」

寄せられた成瀬の唇が、丁寧に目尻の涙を拭っていく。優しい感触の心地好さにそっと目を閉じれば、ゆっくりとした動きで唇と舌、そして指先が濡れた目元や頬を拭い続けた。

そして、少しだけ朋の呼吸が落ち着いてきた頃、成瀬が再びぎゅっと朋を抱き締めた。

「俺の、実家のことは聞いたな」

「……っ」

ぽつりと切り出されたそれに、身体が強張る。聞きたいような、聞きたくないような。そんな複雑な気分のまま、涙に濡れた目で成瀬を見上げる。そこにあった迷うような表情に、覚悟を決めるために拳を握った。

どんな答えが返されても、自分は成瀬が好きだと。そう伝えようと心の中で決める。

「……これだけは、伝える前に言っておかねぇと卑怯《ひきょう》だからな」

僅かに、悔悟《かいご》を滲ませた声。それは、朋に対してのものだろうか。呼吸を止め、次の言葉を待つ。

「俺は、昔お前に会ったことがあるんだ」

「……え?」

会ったことがある。その言葉の意味を理解するのに、数瞬。そして、いつだろうと首を傾けた。記憶を浚うが、覚えがない。

「お前は、覚えてないみたいだが。小学校に上がってから、親父の事務所にたまに数時間だけ預けられてたことがあったんだ。……石井が、遠目でお前の姿を見るために」

「あ」

溜息交じりの成瀬の声に、微かな記憶が蘇る。時折母親を迎えに来る男の人に、どこか見知らぬところへ連れて行かれた光景。大人ばかりがいるそこで、しばらく放っておかれた時、いつも現れた男の人。

『せんせー、これ、何?』

そう言うと、決まって困ったような表情をしながらそれでも優しく色々と教えてくれた。そしてその人がまとっていた、苦いような……それだけは少し苦手だった、香り。

「……っ！」

ぴたり、と。何かが繋がった。記憶の中のその人は、もう朧気《おぼろげ》だ。はっきりと顔も覚えていない。けれど、あの香りだけは覚えがあった。最初に事務所へ面接に来た日、嗅《か》いだ匂い。

朋の周囲に喫煙者が少なかったことも、記憶に残った原因だろう。

「まさか……あの、雨の音」

そうだ。教えてくれたのは、あの人だった。朋がじっと水溜まりに落ちる雨粒の音を聞いていたのを見つけて。この間直にしたように、空き缶を置いて見せてくれた。

のろのろと成瀬を見れば、諦めと悔恨、そして困ったような苦い笑いが浮かんでいた。

「お前の母親が、親父を先生って呼んでるのを聞いてな。お前、あそこの大人は全部『先生』って呼べばいいかと思ってたんだろうな。だから、お前に先生って言われるたびに、昔のことを思い出して気まずかった」

黙っているから、余計に罪悪感が募った。そう、自嘲するように笑う。

「じゃあ、昔遊んでくれた、あれが……？」

「ああ」

「じゃ、じゃあ。俺の事情も……」

「最初から、知ってた」

だがそれを朋に言うことは出来なかったため、伊勢から聞いたことにしたのだ、と。成瀬の言葉に、そういえばあの時、やけに気まずそうにしていたと思い出す。

そして溜息混じりに、何より、と成瀬が言った。

「石井が、お前達親子を切り捨てようとしていた時。俺は、親父の事務所にいたんだ。そしてあの時、俺は……指を咥えて見ていることしかできなかった」

「せん、せ……」

声が、震えた。成瀬を見上げ、悔しげに歪んだ成瀬のその顔に、そっと手を伸ばす。ゆるりと頬から顎にかけて撫でていけば、ざらりとした無精髭の感触に胸が痛んだ……けれど同時に、心地好かった。

「ど……して、俺を」

知っていて、それでも雇ったのか。けれどそれは、最後まで言葉にすることが出来なかった。不安と、期待。そして諦め。様々な感情が入り乱れ、自分でもどんな答えが欲しいのかが判らなかった。

ただ、知っていても。それでも自分を必要としてくれたのなら……そんな期待が、僅かながらにあることも自覚していた。

「ずっと忘れなかったっつったら、嘘になる。だが、仕事だからと石井の言うままお前達のことを容赦なく切り捨てる親父に反発して、家を出て。けど、木佐に拾われて何年も弁護士をやってるうちに……判らなくなった」

惑うような、その瞳。それは、いつも自信に満ち溢れている成瀬の、奥深くに隠れていた感情だろうか。ぼんやりとそう思いながら、黙ったまま先を促す。

「依頼人の望みを叶える。ある意味、親父のあれも弁護士の姿ではあったんだ。依頼人が求めるものに、弁護士自身の感情はいらない。ただ俺が、企業家の尻拭いのために仕事をしたくなかった。それだけだった」

司法関係の仕事につくことは、幼い頃から決められたようなものだった。家族や親類がほとんどその状態で、自分自身それ自体には疑問もなかった。そう、成瀬は告げた。

弁護士の仕事自体が、嫌なわけじゃない。実際に、どうせやるならば、人を責める検察よりも人を護る弁護士の方が面白そうだと思ったのだと。

「依頼人が求めるものは、ある意味簡単だ。自分が望むもの、それだけだ。全ての依頼人が助けを求めてやってくるわけじゃない。自身の利益を護りたいがために、人を叩き落とそうと依頼してくる人間もいる」

そうして、迷った。自分がやっているこれは、ただの偽善じゃないのかと。こうして依頼を請けることで、叩き落とされている人間もいる。立ち直れない程、傷つく人間も。そのことを、知っていたけれど……見ないようにしていたのではないかと。

弁護士という職についた時、それは覚悟していたはずだった。綺麗事だけですむ世界ではないことは、周囲を見て嫌になるほど知っていた。けれど、年月が経ち自分のやっていることに疑問を覚えた時、覚悟は揺らいだ。

何のことはない、自分が人を傷つける。その覚悟をしているようで、出来ていなかっただけのことだ。がむしゃらに前を向いている時はいい。けれど、ふと立ち止まって後ろを振り返った時、それが現実として目の前にのし掛かってきた。

「そんな時だった。人を探していて、伊勢先生からお前のことを聞いた。元気でやってはいるが、お前は……自分に執着がないってな」

「……っ」

物寂しげな瞳で、顔に寄せた朋の手を成瀬の手が握った。その温かさに、胸の奥が詰まり息苦しくなる。

「正直、最初は戸惑った。だが、まだ過去から抜け出せていないお前を、助けたいと思うようになった。思い切り笑わせてやりたいってな。笑った顔が、昔と変わってなかったから」

「先生」

声が、詰まる。言いたいことは山程あるのに、それらは全て言葉になって出てきてくれない。もどかしい思いに、口元を歪める。

「お前の側にいて、必要とされたい。そう思った時、弁護士でいることへの苦痛は、忘れていた。お笑いぐさだ。俺も、誰かに必要だと言われたかった、それだけだったんだ」

弁護士としての疑問が、消えたわけではない。けれど、自分を必要としてくれる確固たる存在がいれば、揺らがずにすむ。ただの自己満足だ、と成瀬は自嘲するように笑った。でも、と朋はぼんやりと思う。そうして、少しだけ伸び上がるようにして、成瀬の口元へと唇を寄せた。途方に暮れたような表情を、宥めるように……そして、大丈夫だと、伝えるように。

「それは、きっと先生が優しいからだよ……？」

「朋」

成瀬が、驚いたように目を見開く。そして、そんな表情にふっと優しく微笑んでみせた。

「俺は、幸せだったよ？　先生に、必要だって言って貰えて。たとえ、石井に頼まれたからだとしてもいいって思えるくらいには」

悩むのは、優しいからだ。人のためを思って、依頼人のためを思って弁護をしているからこそ、迷う。たとえ結果が同じだとしても、それを考える人ならば、望みが叶わなくとも依頼人の心を護ることが出来る。

『あれ程弁護士向きの人間は、いないからね』

ふと、木佐の言葉が蘇る。本当に、と朋は微笑みながら木佐に対して呟いた。

「お前に側にいて欲しいのは、俺自身だ――あの野郎は、関係ない」

「先生……」

ぐっと握られた手に力を入れられ、きっぱりと告げられる。先程までの迷いがかけらもない声に、じわじわと身体中が喜びで満たされていくのが判った。

「ま、前……、避けてた、のは？」

有耶無耶にはなっていたが、気になってはいたのだ。すると、自覚はあったのだろう、幾分気まずげな色を浮かべた成瀬が、あれは、と続けた。

「忙しかったのも本当だ。だがあの頃、石井にお前のことで呼び出されてたり、あっちの事情を探ってたりしてたからな」

ボロが出そうで、お前の前に顔を出せなかったんだ。一度ゆるりと朋の頬を撫で、溜息をついた。

「昔のことがあっても……それでも、信じてくれるか」

間近にある成瀬の顔は怖い程に真剣で、どきりと胸が高鳴った。ゆっくりと顔が近づき、こつんと額が合わせられる。

「俺は、絶対にお前を裏切らない。何があっても、絶対に。側から離す気もない……お前が嫌がっても、縛りつけてでもとどまらせてやる。——嫌か」

「……ずるいっ」

顔を離して叫ぶ。真っ直ぐに朋を射貫《いぬ》く鋭い視線さえ、自分を束縛してくれるものだと思えば甘いものでしかない。そんな顔でそんなことを言われれば、嫌だなどと言えるはずがない。

朋の言葉に、成瀬はふと表情を和らげ困ったように苦笑する。

「大人は臆病でな。年を取った分だけ、素直に一言が言えなくなる」

そうして、ぎゅっと朋を抱き締め直した成瀬が、耳元で囁いた。

「好きだ……——愛してる」

「——っ！」

ぞくり、と肌が粟立つ。苦しい程に胸が満たされ、朋が再び眦に涙を溜める。堪えきれず零れ落ちた涙をそのままに、成瀬の背にしがみつくように回した腕に力を込めた。

「俺も先生が好き。ずっと、一緒にいたい。だから、どこにも行かないで……っん！」

言葉ごと飲み込むようにして与えられたのは、全てを奪い尽くすような口づけだった。成瀬の舌が口腔に差し入れられ、まるで蹂躙するかのような激しさで動き回る。喉の奥まで舐め尽くされそうなそれに翻弄《ほんろう》されながら、だが、朋もまた必死に縋りついた。

「ん……ふっ」

ぎこちなく、けれど渇いた喉を潤そうとするかのように、成瀬の舌を追いかける。そしてその懸命な仕草に、成瀬の口づけは一層激しさを増した。

時間が経つ程に息苦しさは増し、だがそれでも貪《むさぼ》るように求め合う口づけは止まらない。舌を絡めるたびに響くぴちゃりという水音と、互いの間で交わる熱の籠もった荒い息。繰り返せば繰り返す程、身体の間にある僅かな隙間がもどかしくなってしまう。

幾度も角度を変えて続けられるそれに、舌がじんと痺れてくる。身体を支えきれなくなった朋がソファへずるりと背中から沈み込めば、追うように成瀬の身体が覆い被さってきた。

やがて視界と意識が朦朧とし朋の全身から力が抜けた頃、ようやくゆっくりと唇が離される。は、はっと無防備にソファに身を預けたまま胸を喘がせていれば、成瀬が欲情を滲ませた目で朋を見下ろしていた。

(なんだろう……怖い、けど)

怖いだけではない、何か。心臓がどきどきと高鳴るようなそれに、無性に落ち着かなくなってしまう。ぼんやりとした思考で、けれどそんな成瀬の姿に見惚れていれば、再び成瀬の顔が近づいてくる。唇に笑みを刻み朋の顎から口端にかけてぺろりと舐め上げると、ぐいと腕を引かれ上半身を起こされた。

感覚が麻痺《まひ》し、自身の唇がキスの名残《なごり》で赤く濡れそぼっていることには気づかない。成瀬が、唾液で濡れた朋の口元を舌で拭ったことも判らず、きょとんとしながら腕を引かれるままに立ち上がった。

何だか、唇が腫《は》れぼったい。そう思いながら更に腕を引かれ、大人しく寝室へと連れて行かれる。ふと、視界に入った成瀬の腕の包帯に眉を顰める。空いた方の手でそっとそこへ触れれば、困ったような苦笑が返ってきた。

「……痛い？」

「馬鹿、こんなの掠り傷だ。痛くねぇよ」

幼い口調でそう問いかける朋に、成瀬の手がぽんと頭の上に載せられる。これも、もしかしたら昔の癖なのだろうか。そんな考えが、ふと過る。

「ごめんなさい」

傷に触らないように、成瀬の方へ身体を寄せ、包帯の上から頬を寄せる。ごめんなさい、だから、もう傷つかないで。そんな願いを込めながらそうやっていれば、頭上から成瀬の盛大な溜息が聞こえてきた。

「お前な、これ以上俺を煽ってどうする気だ……」

堪えるような声に、ん？　と顔を上げる。今の何が、成瀬を煽るというのか。疑問を顔に浮かべていたら、肩を落としもういいと手を振られた。

何なんだ。そう思いながら、ベッドへ連れて行かれ座るように促される。柔らかい感触にほっとしながら、朋と向かい合うように成瀬がベッドに膝をつき身を屈めた。

「今日は、最後までやる。いいか？」

「……ん」

羞恥に頬を染め、だが混じる不安に唇を引き結びこくりと頷く。そっと、大丈夫だというように髪を優しく梳かれた。その慣れた掌の感触に安堵しながら目を閉じれば、ゆっくりと体重をかけられて倒される。

朋の身体を受け止めたベッドは軽い音を立てて軋《きし》み、そのまま成瀬の体温を受け止めた。


「やぁ——んっ!!」

切羽詰まったような喘ぎ声が、部屋に響く。何の音も入ってこない部屋は、薄暗い照明の中、朋の喘ぎ声と成瀬の息づかい、そして先程からひっきりなしに上がっている水音で満たされていた。

ベッドにうつぶせに寝転がり、腰だけを抱え上げられた格好で、朋は先程から身もだえてばかりだった。その背に覆い被さるようにして朋の背に口づけている成瀬は、根気よく後ろの蕾《つぼみ》を指先でかき回している。

既に二本くわえ込んだそこは、徐々に柔らかさを増してきている。時折、成瀬が背筋を甘噛みするように軽く歯を立てれば、それに合わせてぎゅっと絞られた。

「何だ……上手いな。朋」

「やだ……や、もういいから！」

「まだだ。怪我したくないだろ？　俺もお前も気持ちよくなきゃ、意味がない」

成瀬の呟きに、ぎくりと朋の身体が強張る。意識したわけではない。だが唐突に、つい数時間前に勇大に叩きつけられた言葉が脳裏を過ったのだ。

『気持ちよくしてくれりゃ、誰にでも脚を開く』

暗に、今の朋を示唆しているような言葉。考えまいとしても消えず、枕に顔を埋めながら固く目を閉じてかぶりを振った。

違う、違う。相手が誰でもいいわけじゃない。脳裏に浮かんだ声を、必死に否定する。だが同時に、今まで忘れ去っていた女の叫び声までもが蘇った。

『貴女《あなた》なんて、どうせその顔で男を誘惑してるんでしょう！』

悔しげに叫ぶ女の声と、否定する母親の声。そして、その間中朋の身体を抱き締め続けていた母親の体温。

記憶の中の体温と、そして今、背後に覆い被さっている体温。まるで記憶が現実になったような感覚に、ぞくりと悪寒が走った。肌が粟立ち、思わず人肌から逃れるように身体を前へと逃がす。だが、腰に回された腕にぎゅっと止められた。

「や……っ！」

小さく叫ぶが、腕の力は弱まらずますます強くなる。その強さに更に混乱し、後ろに指が入っていることも忘れ暴れようとした。

「どうした？」

だが、耳元で囁かれたその声に、はっと我に返り動きを止める。気がつけば、上半身を起こし四つん這いになっていた。ベッドのシーツを指が白くなる程に握り締めていた手に、大きな手が重ねられている。ゆるゆると振り返り、そこに成瀬の顔を見つけた瞬間、どっと身体から力が抜けた。

「……どうした」

もう一度繰り返されたそれは、確認するような声音だった。力の抜けた上半身を再びベッドに沈め、何でもないと首を横に振る。だが小さく溜息をついた成瀬は、朋の後ろからゆっくりと指を引き抜いた。身体の中にあったものが、抜けていく感覚。無意識のうちに、それを引き止めようと身体に力が入った。

「……今日は、ここまでにしておくか？」

無理強いはしたくない。成瀬の声に、枕から顔を上げた朋は嫌だと首を振った。駄々《だだ》をこねるように続けて言葉で、やだ、やだ、と重ねる。

「やだ、今日は……する。ちゃんと先生を、挿《い》れ……たいんだ」

男同士でどうするかは、散々後ろを弄られながら成瀬に教えられた。そこを触られた時、驚きと同時に衝撃を受けたが、それでも止めたいとは思わなかった。怖さや怯えはある。だが、嫌悪はない。それよりも、そうすればもっと成瀬と深く交われるだろうかと思った。けれど逸る気持ちとはうらはらに、未だ過去に捕らわれ思うようにならない自身の身体に苛立ちを覚える。そんな朋の気持ちが判っているのか、そっと大きな掌が肩を撫でてきた。

「あいつが言ったこと、気にしてるのか」

成瀬もまた、あれを聞いていたのか。悔しさが増し唇を噛み、沈黙を守る。

「朋は、俺じゃなくてもこんなこと出来るか？」

仰向けに返され、軽く唇を啄まれる。ちゅっと軽い音をさせて離れていった唇を見つめながら、出来ないと首を横に振った。

「なら、それでいい。俺がすることで幾ら朋が気持ちよくなっても、嬉しいだけだ」

むしろ、好きな奴とセックスして気持ちよくならなけりゃ、そっちの方がおかしいだろうが。咎めるようなそれに、朋は目から鱗《うろこ》が落ちる気分で成瀬を見つめた。

「……そ、か」

言われてみれば、そうかもしれない。考えなかったそれに茫然とすれば、成瀬がふっと優しい、けれど楽しげな笑みを浮かべた。

「まあ、余計なことなんざ考えられるのも今のうちだ」

「え？」

表情の割に不穏な言葉を聞いた気がして、目を瞠る。だが答えは返らないまま、成瀬の身体が一旦後ろへと引いた。ぐいと両脚を掴まれ、膝を立てて広げられる。

「っや！」

成瀬の前に全てをさらけ出すような恥ずかしい格好に、声を上げ脚を閉じようとする。だが脚の間に成瀬の身体を割り込まされ、それは叶わなかった。再び覆い被さってきた成瀬を、羞恥から咎めるような視線で見る。くっと楽しげに口端を上げた成瀬が、耳元に唇を寄せ、これからが本番だと囁いた。

ゆるりと再び後ろに這わされた指先に、そこが僅かに綻んだのが判った。

「あ……」

「それでいい。何も考えずに、感じてろ」

ゆっくりと、慎重に沈んでいく指を感じながら、先程までより随分とスムーズに入っていくことに気づく。ほんの少し圧迫感が増えたのは、恐らく本数が増やされたせいだろう。

「あ、あ……っ」

ゆるゆると、しかし確実に広げる動きで、指がバラバラに動き始める。次第に増していく違和感と圧迫感に、気持ち悪さと紙一重な感覚を味わいながら、やめて欲しいと言ってしまわないよう声を飲んだ。

恐らく、これ以上嫌がれば本当に成瀬はやめてしまう。それだけはさせまいと、違和感を和らげるため呼吸を合わせながら身体から意識的に力を抜こうとする。

「——っ！」

びくり、と。唐突に身体が跳ね、ベッドから背が浮き上がる。次の瞬間、身体中を走り抜けるようなすさまじい感覚が襲ってきた。

「な……」

何、と言葉にすら出せない程の感覚に茫然とする。成瀬がゆっくりと確かめるように、もう一度指を動かした。

「ぁんっ！　や、何……!?」

指先が、こり、と何かを掠める。たったそれだけのはずなのに、そこに知らないスイッチがあったかのように、朋の身体は再び反応を返した。

「気持ちいいだろう？」

にやり、と笑った成瀬の表情は、どこか意地の悪さを秘めた子供のようで。与えられる未知の感覚に、朋は混乱と衝撃からひくりと喉を鳴らした。ずっと我慢していた制止の言葉が、知らず口をつく。

「や、やめ、怖……あぁん!!」

だが、再び動き始めた指に言葉は封じられた。自覚もなく漏れる声と、揺れる腰。先程まですっかり力を失っていた朋の中心も、いつの間にか張り詰め先走りを零していた。

こりこりと指先で強弱をつけながら、幾度もそこを擦られる。がくがくと腰が震え、それだけで達してしまいそうな程激しい快感に襲われた。

「ん、んーっ！　あ、や……っ」

跳ね上がる身体を引き戻そうと、必死に両手でシーツを掴む。けれど、責め立てる指の動きが次第に激しくなり、朋の腰は自覚のないまま成瀬の身体に寄せられるように浮き上がっていく。

「何だ、こっちもして欲しいか？」

いつの間にか、覆い被さっている成瀬の腹に自身のものを擦りつけていたらしい。くっと笑った成瀬に勃ち上がったそこを握られ、初めてその事実に気づき絶句した。濡れそぼった自身のそれと、成瀬の固い腹筋。それが視界に入り、かっと全身を紅く染める。

「ち、違……」

「違わねぇだろ。ほら、素直に言えば、もっと気持ちよくしてやる」

「あっ」

くちゅり……と、わざと水音を立てるように握ったものをゆっくりと擦られ、そのもどかしい感触に思わず声が漏れる。一度激しい快感を知ってしまえば、緩やかなそれは、焦らされているも同じだ。後ろと、前と。先程までとは一転して、ゆるゆるとした動きで弄り始めた成瀬に、「いや」と首を振った。耳に届く粘った音が、更に羞恥を増す。

「言え、朋……ここを、どうして欲しい？」

耳朶《じだ》を咥えられ、舌でなぞられながら低く囁かれる。直接吹き込まれる熱い息と、舐める音に、ぶるりと身体が震えた。

泣き出しそうな、それでいて快感に溺れそうな表情を見られたくなくて、両手で顔を覆う。そして、堪えるように腰に入れた力が限界を迎えた頃、途切れる声で告げた。

「せん、せ……もっ、と。いっぱい、し……て……あぁっ！」

捩れたそれは、だが成瀬の耳に届いたらしい。ぐいと後ろに入れられた指が、激しく中を擦り上げる。唐突な刺激に熱を解放しそうになった瞬間、だが同時に前を握られ出口を失った。身体中に渦巻く熱に翻弄され、朋は堪えきれないまま嬌声を上げた。

「やぁぁんっ！　やだ、あ、あっ！」

シーツに爪を立て、籠もった熱に身体を揺らす。自然と指に合わせ動く身体に、だが限界は近い。がくがくと震える腕で、成瀬の身体に縋った。

「やだ、先生！　もう、や……」

一人で、最後を迎えるのは嫌だ。息も絶え絶えにそう言えば、朋の嬌態に煽られたように余裕をなくした性急な動きで成瀬が指を引き抜いた。

「ひゃ……」

疼く腰を必死に抑えていれば、大きく開かれた脚が成瀬の肩に担がれ、全て成瀬の前に晒される。けれど、恥ずかしいと思う間もなく先程まで指が入っていた場所に、ひたりと熱く固いものがあてられ息を呑んだ。

「――っ!!」

ずるり、と。そんな音がしそうな程、朋の後ろは成瀬の物を素直に飲み込んだ。先程までとは比べものにならない程の圧迫感に息を呑み、思わず身体に力が入ってしまう。頭上で、くっと微かに苦しげな声がする。成瀬が動きを止め、上からそっと髪を撫でてきた。

「苦しいか？」

その声に、いつの間にか滲んでいた視界に成瀬の顔が映った。霞《かす》んでいて、はっきりとは見えないが、僅かに苦しげな様子だけは判った。

「だ、丈夫……」

自身も圧迫され苦しいだろうに、それでも動きを止めたまま朋を宥め続ける。そんな成瀬に、もう一度大丈夫だと告げるように笑ってみせる。笑顔は歪んだようなおかしなものになってしまったが、言いたいことは伝わったらしい。成瀬の口端に笑みが浮かび、いい子だと呟かれた。

「子供扱……い、しな……で」

先程、頭を撫でられた時に感じたそれを口に上らせれば、してねえよ、と返される。

「子供相手にっ、……んな、真似するか……っく」

「あ、んんっ！」

撫でられる髪に意識が向かっている間に、身体から力が抜けていたらしい。成瀬が一気に残りを埋め込んでくる。ずるずるとどこまで入ってくるのかと思う程のそれに、怖くなりシーツを握り締めた。

やがて、顔の横で握った両手の上に掌が重ねられ、固く閉じていた目を開く。

「入ったぞ……」

荒い息の下そう呟いた成瀬に、確かに自身の中に熱を感じた。自分とは違う鼓動を刻むものが、自分の中にある。そんな不思議な感覚を味わいなら、けれど、同時に一人ではないと深く実感出来るような気がして頬が自然と緩んだ。

何よりも、大切な人と最も深く交わっているのだと。その事実が嬉しかった。

「ふふ……っん」

こみ上げる喜びに、思わず笑みが零れる。小さく笑ったその振動すら、繋がっている場所に響き自身に返ってくる。けれど笑みは止まらず、零れ落ちるままに任せた。

「朋？」

額の髪をかき上げられ、身を屈めてきた成瀬がそこに口づけを落とす。軽い、けれど顔中に落とされていく唇の心地好さに、うっとりと目を細めた。

「……凄い、ね。幸せだなぁって」

「──っ」

幸せってこんなに気持ちいいんだ。そう笑えば、身体の奥にある成瀬がひくりと動いた。ダイレクトに伝わってくるその動きに、ぎゅっと後ろを引き絞ってしまう。

「あっ？　何、今……」

上を見れば、何かを堪えるような表情で、成瀬が重ねた手にぐっと力を込める。その奥歯を噛み締めた様子に、どきりと胸が高鳴った。

「……これは、自業自得だ。悪いが、これ以上は我慢しないからな」

もう一つ、気持ちよくなる方法を教えてやる。そう言い、成瀬が朋の耳元で小さくある言葉を囁いた。ずっと口に出すのを躊躇っていたそれを指摘され、ふるりと弱々しく首を横に振る。

「やだ、や！　やぁぁん！」

「やだ、じゃ……っないだろ、ほら」

朋の脚を深く折り曲げ、上から突くように激しく腰を動かし始めた成瀬に促された。がく

がくと激しく身体を揺さぶられる衝撃に、必死に成瀬へと手を伸ばす。縋っていなければどこかへ飛んでいってしまいそうな、そんな気がしたのだ。

伸ばした手をとられ、成瀬の首の後ろへと回される。夢中でしがみつくように、身体を寄せた。

「あ、あっ、んぁぁ……っ、んーっ……！」

「くっ……」

ぎしぎしと激しく音を立てるベッドの上で、朋は成瀬の動きに合わせ自分自身で腰を揺らしていることにも気づいてはいなかった。与えられる快感に支配された思考は、唆《そそのか》された言葉を告げていた。

「き、たか……んっ」

「つ、朋……！」

「あき、たかさ……やっ……秋貴さん、秋貴……!!」

自ら唇を寄せ、注ぎ込むように幾度も成瀬の名を紡《つむ》ぐ。好きだと言う代わりのように繰り返すそれに、朋の胸は満たされていく。そんな朋に、成瀬が追い上げるような激しさで腰を突き上げ始めた。

「んーっ！　やぁ、秋貴さん……好き、好き――っ！」

「つく、朋……っ」

放埒を迎えびくびくと跳ねる身体の奥底に、成瀬の熱が広がるのを感じる。身体全体が溶け合うような幸せな感覚に、朋はふわりと微笑んだ。ひたひたとよせるそれが、まるで朋を丸ごと包んでいるようで心地好い。

ぜいぜいと胸を喘がせながら、ぐったりとベッドに身を預けていれば、未だ朋の身体に自身を埋め込んだままの成瀬が倒れ込んでくる。どさりと、だが体重をかけないそれを受け止め背中に腕を回して抱きつく。首筋にかかる息は荒く、抱き締めた身体が汗で湿っている感触に、成瀬もまた夢中だったのだと思えば嬉しかった。

「秋貴さん……好き……」

もう一度、うっとりと呟く。すると、ほんの微かな舌打ちとともに、成瀬が顔を埋めている首筋にぬるりと舌が這った。次の瞬間、そこにちくりと痛みが走る。

「つな、何？」

「何、じゃねえよ。んな声出しやがって。まさか終わったなんざ思ってないだろうな」

「――え？　って、あ!?」

胸元の粒を摘まれれば、達したばかりで敏感になっている身体がぴくりと震えた。片方を指先で転がされ、もう片方を頭を下げた成瀬の舌で舐られれば、未だ成瀬を受け入れている場所がぎゅう……っと締めつけをきつくした。

「……っ、あ、秋貴さ、ん!?」

成瀬の名を呼びながら、腰をせわしなく揺らしてしまう。埋め込まれたものが急速に力を取り戻していく感触に、焦るような声を上げた。締めつけたものが固くなっていくにつれ、内部が自覚もなくうねるような動きを始める。

「あ、ん……んぁ……」

緩い動きで再び突き上げられた腰と、弄られている胸の両方から、ぞくぞくと快感が這い上がってくる。成瀬のもので濡らされてぬめりを帯びた内部は、先程とは比べものにならないスムーズさで出入りを許していた。出て行こうとするそれを追い縋るように包み、そして突き入れられながら擦られる。決して動きは激しくないのに、そのたびに朋の身体は打ち上げられた魚のように跳ねた。

「な、に……やんっ……やぁっ……」

緩やかな動きで感じる強い快感が怖くて、涙を浮かべながらどうしてと成瀬を見る。すると、顔を上げた成瀬がにっと意地の悪い笑みを浮かべ朋の耳元で囁いた。

「まだまだ、時間は山程ある。……今日は、ここから出れると思うなよ」

笑い交じりの声と同時に、身体の中のものが抜かれ、俯せに返される。あっと思った時には遅く、腰を抱え上げられ再び今度は背後から成瀬の固くなったものを埋め込まれた。

「や、あぁん！」

ぐい、と内側の今までとは違う場所を擦られ、たまらず嬌声を上げる。枕に顔を埋めながら、前を堰《せ》き止められ後ろを散々に責め立てられた。

お前は明日まで休みだ。そう言われた言葉すら、再び快感の中に放り投げられた朋の耳には届かない。

「あ、や、秋貴さん、秋貴さん――……っ」

そうして一日朋の嬌声は止むことはなく、二人はお互いの身体を貪り続けた。

◆　◆　◆

その二日後、事務所へと出勤した朋を待っていたのは、木佐からの結果報告だった。事の顛末《てんまつ》については、飯田が勇大から聞き出したらしい。

勇大は、傷害未遂で管区の所轄署に連れて行かれたものの、朋と、怪我をした成瀬が被害届を出さなかったことで翌日には釈放された。朋自身は、成瀬の怪我があったため、せめてそれだけは償わせたいと思っていたのだが、それを止めたのは成瀬自身だった。

あの性格からいって、逮捕されてしまえば朋への逆恨みが余計にひどくなることは、容易に推測出来る。そして今回のことを朋が不問にすれば、それだけ石井が借りを作ることになり牽制にもなる。そう告げた成瀬に、しぶしぶながらも納得した。元々、自分のことについて事態を大きくするつもりはなかったため、成瀬がそういうのならと素直に引き下がったのだ。

事件の翌日、成瀬の父親を通し石井が成瀬へ謝罪したということを聞いた、というのも理由ではあった。

石井と自分達の間の不安定なバランスは、ほんの少しでも壊れてしまえば全てが瓦解《がかい》してしまう。朋が求めるのは平穏な生活であって、報復ではない。朋を産んだ母親がそれを望んでいるのならともかく、彼女の真意はわからない。だが、少なくとも記憶にある限り母親が石井を恨んでいたことはなく、ならば関わらないでいられるのが一番よかった。

木佐の執務室で、入口に近いソファに成瀬と朋が並んで座り、正面に木佐が座る。そこから見える部屋の風景も、面接の時にはどこか物珍しかったが、今ではすっかり馴染んだものとなっていた。

「結局あいつは、父親が会社を息子じゃなく、重役の男に譲ろうとしているのが許せなくて、朋君を逆恨みした、ってとこらしいね」

「――何だそら」

むすりとした成瀬に、俺だって聞きたいよと木佐は苦笑し、更に続けた。

「自分が継げると思って、安心して遊び歩いてたらしいよ。ついでにちょーっとマザコン気味でね。あそこの母上があいった感じで、今も病院に通ってらっしゃるから、結構色々と歪んだ状態で話を聞かされていたようだよ」

まあ、的は射てるんだけど、事実と認識が違ってる。と肩を竦めた。だから、勇大の母親が罪を擦りつけられたり、朋の母親が死んだことになっていたりしたのだ。恐らく石井の妻は、事実を元に自分の罪を消し願望を織り交ぜた話を、勇大に聞かせていたのだろう。

「あいつの話は、全部母親のそれをなぞったようだったそうだよ。多分小さい頃から言い聞かされてたんじゃないかな。大好きな母親に聞かされた、母親の哀しい話。だから、余計に朋君に憎しみが向いちゃった、と」

木佐の説明に、成瀬が何を思い出したのか、苦々しい顔つきで溜息をつく。

「あの人は、いい意味で一途《いちず》、悪い意味で盲目的だったからな。旦那以外の人間は、信用しない。自分の妻としての地位は、何人《なんぴと》にも侵されてはならない。そう、思ってる人だった。だから八年前のあの時、石井が朋を引き取ろうかと会社の秘書に向かって話しているのを耳に挟んで……発作的に、お前を襲いに行った」

初めて聞く事実に、朋は目を瞠る。ならば勇大がこの間言っていた言葉は、真実だったのか。そんな朋に、成瀬は更に続けた。

「石井にしてみれば、本妻の子供は母親べったりで勉強嫌いってな具合で、あまり期待は持てなかったんだろ。逆にお前は、不倫相手に似た綺麗な顔と機転のよさを持っていた」

だが妻の凶行を知った時、石井は保身と会社、そして妻の身を第一に考えた。だからこそ、今もあの三人は家族のままでいる。

「お前にとっちゃ、迷惑以外の何物でもないな」

「——そうですね。俺は、もう放っておいてくれればそれでいいです」

成瀬の言葉を肯定し小さく笑う。それは諦めであり、また他に大切なものを手に入れた解放感でもあった。

そして大切なものを手に入れたからこそ、今まで過去に追われるようにして生きてきた自分が、少しだけ前を見ることを考えられるようになったのだ。

『もう少しだけ、心の整理がついたら……一緒に、行って貰えますか』

昨夜ベッドの中で、成瀬の大きな手を握り、その温かさに勇気を貰うようにして告げた言葉。それは、今までずっと朋が目を逸らし続けてきたものに対してだった。

母親に、会いに行く。本当の意味で、朋がこれから先に進んでいくために。

返されたのは、朋の背を押すような柔らかな口づけだった。その優しさに励まされ、もしそれを成し遂げられたら、成瀬に聞いて欲しいことがあると言い添えた。

いつか、成瀬の役に立てるような何かをしたい。そして出来れば、このまま事務所で働かせて欲しい、と。まだ伝えていないそれは、だが遠くない未来に言えるだろう。

そう思いを馳せていれば、慰めるような成瀬の指先が頬に伸ばされ、そっと撫でられる。優しく触れるそれに、甘えるように顔を擦り寄せれば、こほんとわざとらしい咳が響いた。

「あーそこ。ここ一応事務所だから、いちゃつくのは家でやってくれるかな」

はっと気づき顔を上げれば、木佐のにっこりとした笑みが視界に入る。慌てて距離を置けば、成瀬が余計なことをと言いたげな顔でちっと舌を打った。

「す、すみません……」

幾らばれているからといっても、さすがに甘える姿を見られてしまえば居たたまれない。赤くなった頬を隠すように俯けば、木佐は「いやぁ？」と語尾を上げたイントネーションで応えた。

「朋君はね、別に可愛いからいいよ。でもねぇ、年甲斐もなく浮かれてるこのおじさんが……ねぇ？」

「誰がおじさんだ。歳はお前の方が上だろう」

成瀬がふん、と鼻を鳴らす。

「上って、そりゃ誕生日が何ヵ月か先なだけだろ。っていうかさ、成瀬、お前恥ずかしくない？　でれっでれした顔しちゃってさあ」

呆れたと言う木佐に、「言って欲しいか？」と成瀬が笑う。その楽しげな表情に、木佐は嫌なものを見たかのように顔をしかめた。

「いらない。お前の惚気《のろけ》なんか聞いても、楽しくない」

「そもそも、いちゃつくっつーのは、こういうことだろうが」

そう言い放った成瀬が、朋の顎を指先で掴む。突然のことに反応出来ずにいれば、ぐいと成瀬の方を向かされ、顔が近づいてきた。

「——……っ!!」

頬を指先で撫でられながら、耳朶を噛まれる。ぴちゃ、という音が耳に直接流し込まれ、一瞬のうちに成瀬との行為を思い出し全身を紅く染めた。

「あ、秋たっ……せ、先生っ!!」

耳を押さえ、慌てて成瀬から距離をとる。混乱するまま、昨夜散々呼び慣らされた成瀬の名を呼びそうになり、舌を噛みながら呼び直す。

「あー、そこそこ。っていうかさ、それ俺に対する嫌がらせじゃなくて、朋君に対する嫌がらせだよ、成瀬。この中で恥ずかしいの、朋君だけでしょーが」

その言葉に、穴があったら入りたいと朋は顔を俯け身を縮めた。

「大体、何、秋貴さんとか言わせて……あー、判った」

からかおうとして何かに思い至ったのか、にやりと木佐が嫌な笑みを浮かべる。そんな木佐を成瀬が、おい、と睨みつけた。

「朋君、成瀬のことは本人にちゃんと問い詰めた?」

突如変わった話題に、未だ赤みの引かない頬に掌をあてながら頷く。

「あ、はい……それは教えて頂きました」

成瀬の父親を通して、石井に朋の監視を頼まれたこと。そして、写真を撮られた現場は勝

手に口座へと支払われていた金を突き返しに行った時のものだったこと。

……そして。

「俺が小さい頃に、成瀬先生と会ってたっていうのは、さすがにびっくりしましたけど」

あの後話を聞けば、成瀬は当時父親の事務所でアルバイトをしていたらしい。朋の母親が健在だった頃、人目を忍んで石井と会う時はいつも成瀬の父親が迎えに行っていたそうだ。

そしてそんな中で、数回……そして数時間のことだったが、石井が間近で朋の姿を見たいと言い出し、母親とは別に事務所に連れて行ったのだと。それは、恐らく引き取るかどうかを検分するためのものだったのだろう。直接会うことは母親に拒否されたため、間に成瀬の父親が入った、というものだったらしい。

「朋君、小さい頃は今よりもまだ女の子みたいで可愛かったらしいねぇ。その頃の写真は？」

「……ありません」

木佐の楽しげな声に、視線を逸らす。本当は、一冊だけ持っているアルバムの中に入っている。だが、それを言えば持ってこいと言われるのは必至《ひっし》だ。賢明にも口を閉ざした朋に、木佐が本当に残念そうな表情を浮かべた。

「何だ、残念。で、聞いた？　朋君に会った頃のこと。こいつねぇ、あの頃、まさに一目惚れって感じで、朋君のこと気にしててさ。朋君に会った後は、大学で必ず話題に出てくんの。遊んであげたこととか、何が気に入ったみたいだ、これは嫌いみたいだって」

「おい、木佐」

初めて聞く話に驚き、成瀬を見る。だが、成瀬は否定もせず木佐を止めようと睨みつけるだけだった。けれどそんな制止をものともせず、さも楽しそうに木佐が続ける。

「でねぇ。その頃朋君、成瀬のこと『先生』って呼んでたらしくてね。……どうせ、朋君のちっちゃい頃思い出して手出せないから、先生って言わせたくないんだろー」

「……！」

思わず成瀬を凝視する。一昨日成瀬から、仕事場以外で『先生』と呼ぶなと厳命されたのだ。そんな風に器用に使い分けは出来ないと抗議してみたものの、一切無視され、了承するまで身体を弄られ続けた。

（まさか……）

本当に？　という言葉は、だが成瀬のどこかふてくされたような表情を見た瞬間、喉の奥に消えた。図星だと判ったからだ。

「ついでに、面接の時に朋君の眼鏡取り上げたのは、朋君が成瀬のこと覚えてなかった腹いせなんだよ。大人気ないよね。まあ朋君はその方が可愛いから、僕も反対しなかったけど」

「あんな地味な格好、する必要ないだろうが」

ぼそり、と。不本意そうに木佐のそれに言葉を加えた成瀬に、目を丸くする。

（何だ、そんなことか）

そんな成瀬の姿が何となく可愛いと思うのは、朋の惚れた欲目だろうか。くすくすと楽しげに笑う朋を一睨みし、成瀬がテーブルの下で木佐の足を蹴り飛ばした。

痛いな、と悪びれもせず言いながら木佐が話を戻して続ける。

「そんなんで、しばらくして八年前の事件でしょ。馬鹿だよねぇ、あんな大手事務所出てきちゃったら仕事依頼してくる人間なんていないよ。俺が拾ってあげなかったらどうなってたことか」

それにさ、よく考えたら当時の朋君に一目惚れじゃー、危ないよね。楽しそうな木佐に、朋は、ううと笑いを収め恥ずかしさのあまり顔を伏せた。

経緯は成瀬に聞いたが、そうまでさせた原因が自分だったとは、未だに信じ難いのだ。

「最初に会った時だから……七歳くらいか？　こいつ、とにかく大人しかったからな。我侭《まま》はほとんど言わねぇし、放っておけばじっとしてる。まあ、母親に大人しくしておけって言われたのもあるだろうが。それでも、遊んでやれば素直に楽しそうにしてたからな。放っておかれたいわけじゃないんだろうとは、思った」

「成瀬先生」

過去を懐かしむように淡々と言われた言葉が、じんと胸に染みる。微笑みながら成瀬の名を呟けば、タイミングよくパン、と手の鳴る音がした。

「さて、じゃあ問題解決。一段落したところで仕事に戻るよ、二人とも。昨日と一昨日——

何してたかは、まあ想像つくけど——ぶっちぎって休んだ分も、みっちり働いて貰うからね」

「……げ」

羞恥にぐっと言葉を詰まらせた朋と、うんざりとした表情の成瀬を順に見遣り、満足そうな笑顔を見せた木佐は、思い出したように朋を見た。

「朋君。昇給、覚えてる？」

その言葉に、面接の時のそれを思い出し、つい噴き出してしまう。そういえばそんな条件もあったと思い至り、笑いながら頷いた。

「何だ？　おい、朋」

「いいえ……ほら、先生！　仕事して下さい！」

俺の給料のために、という台詞は心の中で続け、収まらない笑いをそのままに成瀬の肩を押す。

「……こういう遠慮のなくなり方は、勘弁だ」

深い溜息とともに呟かれた成瀬の声に、部屋は明るい笑い声に満たされた。

あとがき

はじめまして、杉原那魅です。この度は拙作をお手にとって頂き、誠にありがとうございました。

人生初の商業本、不安十割という全力で後ろ向きな心境ではありますが、少しでもお楽しみ頂けていれば嬉しい限りです。転ぶ時はまえのめりと決めておりますが、出来れば転びたくない小心者なので。

今回のお話は、以前同人誌で書いたものをベースに全面改稿させて頂きました。

ちなみにこの話、当初の目標は弁護士で事件もの、だったのですが。成瀬と朋というキャラが出来た時点で、何故か駄目な大人が年下の子にベタ惚れしている話になっていた現実。好みのままに突き進むとこうなるんだと、実感しました。

真面目で天然気味な朋と、私の中で駄目な大人の地位を確固たるものとした成瀬。朋に関しては非常に大人気ない成瀬は、今後も直と同レベルで朋の取り合いをすることと思います。

余談ですが。実は改稿作業中、ずっと成瀬の名前を間違って書いていました。途中で気づき大慌てで直しましたが——違和感なかったので、そのままでも判らなかった気がします。

お忙しい中、挿絵をご担当下さいました、汞りょう先生。お引き受け下さり、ありがとうございました。ラフを頂いた時、綺麗で可愛い朋と、勿体ない位に格好良い成瀬、なにより無精髭に思わず小躍りしてしまいました。汞先生のイラストで、キャラ達を素敵にして頂けて、本当に幸せです。心より御礼申し上げます。

担当様。色々と、丁寧なご指導ありがとうございました。ご多忙中、既に何かの初心者講座的な有様だったのがとても申し訳なく……お手数をおかけしました。あやふやだった色々な部分がきちんと形になったのは、一重に頂いたアドバイスのおかげです。このような機会を与えて下さったこと、感謝してもしきれません。今後とも、よろしくお願い致します。

また、いつも率直な意見をくれつつ、相談にのってくれる友人達にも感謝を。

そして編集部をはじめ、この本に関わって下さった皆様。何よりも、この本を読んで下さった全ての皆様に感謝致します。本当にありがとうございました。

この本の中で、どこか少しでも気に入って頂けるところがあれば、何より幸いです。

それでは、またお会い出来る機会があることを祈りつつ。

杉原那魅　拝

LiLiK Label

この本を読んでのご意見、ご感想などをお寄せください。
杉原那魅先生、汞りょう先生へのお便りも
お待ちしております。

〒162-0814　東京都新宿区新小川町8-7
株式会社大誠社　LiLiK文庫編集部気付

大誠社リリ文庫

弁護士は不埒に甘く

2010年6月22日　初版発行

著　者　杉原那魅《すぎはらなみ》
発行人　柏木浩樹
編集人　小口晶子
発行元　株式会社大誠社
〒162-0813　東京都新宿区東五軒町5-6
電話03-5225-0737（営業）
印刷所　株式会社誠晃印刷

ISBN978-4-904835-05-0　C0193